JN256057

TAKE
SHOBO

舞姫に転生したOLは
砂漠の王に貪り愛される

吹雪歌音

Illustration
城井ユキ

MOON DROPS

舞姫に転生したOLは砂漠の王に貪り愛される

Contents

序章　散る徒花

真にその果実を欲するのなら、その果実が手に落ちてくるまで木の下で待て
決して他の実を捥《も》ぎとるな
他《た》の者が別の果実を貪ろうとも捨て置け
垂涎《すいえん》しどんなに喉が渇き枯れようとも
待つ間、それを強奪せしめる者が現れたなら己のすべてを賭して守り抜け
果実が手元に堕ちてくるまで

「あー……」

ビルから出れば、暗く重たい雲で何重にも分厚く蓋をされた空。げっそりした声は雨に攫《さら》われ、水たまりへと吸い込まれた。書類を受け取っていたら「降って来たよ。大丈夫？」と相手の方に言われ、窓ガラス越しに外を見たけど、ここまでとは。

カバンからスマホを取り出し、登録番号をタップする。

「鈴木《すずき》です。すみません、課長。雨がひどくて、少し戻るの遅れま……」

「えー、早く戻ってきてよ。歩いて十分もかからない距離なんだから」

一方的に通話が切られる。話し中の音が雨音と一緒に虚しく鳴っていた。

「はぁ」

ため息が足元の水たまりへと落ちていく。受付で傘を借り、書類の入ったカバンを抱え、灰色に濡れる中へと足を踏み入れた。

ものの数秒で全身ぐしょ濡《ぬ》れになった。

強い風が吹きつけて、傘の柄を必死に握りしめた。煽《あお》られた雨が、四方八方から雹《ひょう》みたいに、スーツ越しに全身を打ってくる。目に入り込んだ雨粒が痛くて、何度も瞬きを繰り返す。墨絵みたいにぼやける景色は、まるで別世界だ。パンプスの中で足を滑らせながら、一歩一歩アスファルトを踏み締める。

(あ、信号だ)

滲んだ赤の光が現れ、少しほっとする。ここを過ぎれば会社はもう少し。歩道で待つ間も雨脚は強くなるばかりで、濡《ぬ》れ鼠《ねずみ》状態に拍車をかける。着いたらすぐに着替えないと風邪を引きそうだ。やっぱり雨宿りしたほうがよかったかもしれない。そんな後悔が脳裏に浮かんだ。

信号が青の光に変わる。雨が沁みる両目を擦って信号を確認し、焦る気持ちと対照的な、もたつく脚を必死に動かして横断歩道を渡った。

第一章　輪廻《りんね》の種子、麗しの舞姫

シェラカンド王宮の大広間では、夜毎貴賓をもてなすための盛大な宴が開かれていた。

円形造りの内部に青と白の石が嵌《は》め込まれた幾何学模様の床は、多数の飾り燭台《しょくだい》とランプに照らされ、明るくも怪しい雰囲気が漂っている。

「ここの料理はまっこと！　天下一品じゃわい!!」

以前からシェラカンドと貿易取引のある、ジャービル王が豪快に笑う。

「実に実に、この葡萄《ぶどう》酒も極上極上。我が殿にもぜひ味わっていただきたいものだなあ」

客の一人が呟《つぶや》くや否や、シェラカンドの大臣ファティがすかさず手土産を差し出した。

「カービド様、こちらをお持ちくださいませ。我が国で醸造した葡萄酒にございます。年代は今お召し上がりの品より、いくぶん新しくはございますが、こちらも格別です」

「これはかたじけない。我が殿も、さぞお喜びになる」

「ああ、大臣殿。わしにも一本持たせてくれまいか？」

ルザイク国の重臣、カービドが受け取るのを見て、ジャービル王も手土産を催促する。

「もちろんでございます。ジャービル様」

ファティは、ジャービル王に七本の酒瓶を差し出した。

「わしにも、くれぬか」

「わしにも」

次から次に、客人たちから声が上がる。ファティは召使たちと共に手慣れた様子で大量の酒瓶を配っていく。無償で受け取れる物品ならば、なんでも欲することに身分は関係ないらしい。

「ヘサーム王は、まっこと出来た御人じゃわい。予定していなかった乾し果物も輸入しようかのう」

気をよくしたジャービル王が側近に手土産を渡しながら呟く。

「これでは、取引条件を呑《の》まぬ訳には、いきませんな。このような過分なもてなし。是非とも我が殿をお連れせねば」

主君の命で、今日シェラカンドに来訪したカービドも、すっかり籠絡《ろうらく》されている。

「しかし。やはり、マリッドの采配でしょうか。砂漠の直中《ただなか》でこのような宴」

カービドが、手元の銀の杯の中で揺らめく赤い酒を見つめる。貴賓たちが腰を下ろしている金糸で飾られた絨毯《じゅうたん》には、絢爛《けんらん》豪華な宮廷料理が所狭しと並べられている。

シェラカンドは超大陸の内陸部にあり、広大な砂漠地帯に四方を囲まれている。オアシスが点在してはいるが、雨が極端に少ない。地下水脈のみで一国の民たちを支えるには、限りがあるので、この国の繁栄は王に憑いている魔神のお陰だと考えられていた。

「藪蛇《やぶへび》じゃぞ、カービド。どこぞでジンどもが聞き耳を立てているやもしれんぞい」

年配のジャービル王が声を潜めたことに青ざめ、カービドは袖口で口元を隠しながら辺りを見回した。酒池肉林に酔いが回り、品格の欠片もなくなった王侯貴族と、その細君らの笑い声が響くだけで、さしたる変哲はない。

絨毯の上に腰を下ろす貴賓たちの中に、ひとり寝椅子で寛ぐ人物がいる。傍らに控える召使が、その人物から無言で突き出される銀の杯に葡萄酒を注いでいた。

「また領土を広げおって、あの青二才めが」

ジャービル王は、寝椅子の人物を憎々しそうに横睨《にら》みすると、酒を煽《あお》った。

「シェラカンドの恩恵に与りたいなら余計な詮索はせんことじゃ。さもあれ、カービド殿も宵の翠《すい》玉《ぎょく》が目当てじゃろう？」

色黒い皺《しわ》に囲まれた目玉が、ぎらついた。

「ジャービル様もお目が高い！　あれは格別」

カービドが食いついていると、柱の間から、男女の集団が現れた。男たちは、数種の楽器を手にし、艶やかな衣装を身にまとった女たちは、両手に持った薄絹のような物を垂らしている。うやうやしくおじぎをすると、男たちは大広間の端に移動し、女たちはその場で等間隔に並んだ。

男たちはそれぞれの楽器を手に、情緒溢れる旋律を奏で始めた。ウードの弦の音、タンバリンの打音が重なる。美しい音の波と共に女たちがくるりくるりと回り始め手から薄絹が離れていく……。しかし、薄絹は床に落ちることなく女たちの動きに合わせ一様に回っている。よく見れば、薄絹は女たちの手に嵌めた輪から伸びる鎖の先で繫《つな》がっている。

「ルンマーン一座は、美形ぞろいですな」

貴賓たちから感嘆の声が沸く。当然、同伴者の細君や令嬢たちはしらけている。鮮やかな薄絹の群れが宙を旋回し弦月を描く。

観客たちを惹《ひ》きつけた頃合い。旋律が変化し、弦月の群れが二つに割れ一人の踊り子が中心で舞い始めた。緩やかに波打つ白金の髪に、エメラルドの瞳が美しい。真珠の肌が月光を思わせ、深紅の衣装をまとい、たおやかな四肢と腰が艶めかしく揺れている。寸刻まで群舞の踊り子を物色していた客人たちも、この舞姫の美しさに一瞬で心を奪われてしまった。燃え盛る炎の如く――。時に荒々しく、時におだやかに。儚《はかな》さと危うさを湛《たた》え、彼女そのものが、悠久の時に揺らぐ炎のようだ。

艶やかな炎を讃《たた》えるように、群舞が囲んでいく。

「何度見ても宵の翠玉は、たまらんのう」

骨抜きにされたジャービル王が漏らす。

「聞き及んでおりましたが、噂《うわさ》よりも美しい」

食い入るように見つめながら、カービドが同意する。

客人たちを一瞥《いちべつ》し、寝椅子の人物は顔を覆った青絹の下で静かに口端を上げていた。

『まことに美しい』

『あれを見るだけでも、ここに長い間逗留《とうりゅう》するかいがあるというものだ』

音楽に混じり耳障りな声が入ってくる。

(早く終わって)

彼女は心の中で必死に願った。踊りに集中すればするほど、自分の中に入ってきてしまう。言葉だけじゃない。彼女の身体を舐めまわすように、男たちの視線が、べっとりとへばりつき、その上

から、女たちの憎悪に満ちた目線が彼女を突き刺した。、

(気持ち悪い)

ここにいる連中、ここの音、ここの空気、ここの臭い。すべてが気持ち悪かった。

吐きそうな不快感に襲われながらも、自らの役目を全うしようと、下劣な観客の目と猥言《わいげん》に耐えながら踊り続けた。

ふと、客席を見やれば中年くらいの男性が皮袋を手に貴賓たちの間を渡り歩いている。彼らの手から皮袋へと、次から次に銀貨が落とされていく。

(この世界の男たちは、本当にこんな人たちばかり)

他の踊り子たちも、男共の恰好《かっこう》の餌食だったが、彼女たちは色情に満ちた視線と身体の線を誇張する動きで自らを主張している。

(わたしには、絶対に真似できない)

ぞくり、と背筋が凍る。淫逸と嫉視《しっし》の中から、ひとつだけ異なる視線が自分に突き刺さる。視線の元を辿ると、この宴の主催者であるヘサーム王がいた。

(ッ——!!)

絨毯に胡坐《あぐら》をかく貴賓たちの中で、寝椅子にくつろぐ姿は、嫌でも目に入ってしまう。顔と頭全体を青絹で覆い隠しており、その表情は摑《つか》めない。間から覗《のぞ》く左右色の異なる切れ長の双眸《そうぼう》が自分を見つめていた。またたきもせず、頬杖をついたまま微動だにしない。まるでヘビに睨《にら》まれたカエルの気分。背中に伝う冷や汗を感じながら必死に身体を動かした。

ようやく音楽が止まり、舞も終わる。楽師、群舞の踊り子たちと共に、うやうやしく腰を折る。踊っているときと同様、卑猥な言葉と正当な称賛の声を聞きながら。

「おつかれさま！」

大広間に続く廊下で、先ほど客席を渡り歩いていた中年男性が、小躍りで出迎える。

「ここは特上客ばっかだから、明日も気張るんだよ！」

踊り子たちから、黄色い声が上がる。男性は皮袋から銀貨を取り出すと、彼女たちに配っていく。

「ジャスミン、カービド様がお呼びだよ」

「分かったわよォ」

頭頂部で髪を団子に結んだ踊り子が、銀貨を上衣の胸元にしまいながら答えた。男性は銀貨をわたしながら、踊り子に貴賓の名を告げていく。その様子を尻目に、真珠の肌から溢《あふ》れる玉のような汗を木綿布《シュマグ》で拭っていく。

「アイーダ。いい加減少しはジャービル王様の希望にそっておくれよ」

中年男性から懇願する声が飛ぶ。配り終えたはずの銀貨だが、皮袋を上下させると、じゃらじゃらとにぎやかな音が鳴る。

しかし、当のアイーダは、廊下の端に用意しておいた真っ黒なローブで身体を覆い隠すと、さっさと立ち去ってしまった。

「もう、アイーダったらそんな辛気臭い恰好、やめなさいよ」

「そうよ。せっかくいい身体してんのに」

仲間たちの言葉を聞き流しながら、アイーダは王宮内の宿泊部屋まで急いだ。

ランプに照らされた絨毯敷きの長い廊下を薄底の靴でひた走る。

(はやく部屋に戻らなきゃ)

焦る気持ちと一緒に、舞台で浴びた不快な声が脳内を支配した。

『いや、実に美しい。ぜひとも一夜を共にしたい』

『あれこそが、おおよそ神が遣わした極上のものではないか』

「っ」

もう嫌というほど聞いてきた男たちの猥言が脳内でこだまする。どんなに舞台数を踏んでも寒気がする。

「アイーダ!!」

飛びかからん勢いで、進行方向の角から、両腕をめいいっぱい広げたジャービル王が現れた。二頭身にも見える色黒の矮軀《わいく》に大きな羽根飾りの付いたターバンは、いかにも金満家な印象だ。

「アイーダ、今日こそ色よい返事を聞かせておくれ」

手首を握り首をもたげながら懇願してくる。孫娘ほど年の離れた踊り子に小国の老王は夢中になっていた。国賓なだけに邪慳《じゃけん》にすることも出来ず、毎回丁重にお断りしてきたはずなのだが。

「申し訳ありません。踊り子のわたしに、ジャービル様の妾《めかけ》など務まりません」

「わしの妾になれば、こんな旅芸人一座の踊り子なんぞせずとも楽に暮らせるぞ」

問題はそこではない。そもそも妾になること自体が、彼女にとっては受け入れられないことだった。

「ジャービル王様、アイーダが困ってますよ」

聞き慣れた声が割って入る。声の主はジャービル王の手をアイーダから引き離すと、彼女を自分の後ろに隠した。

「なんじゃい、ムグニィの弟か」

ジャービル王は苦虫を噛みつぶした顔で、対峙《たいじ》する若者を睨んだ。

「毎回毎回しつこいですよ。彼女は妾にはならないって言ってるじゃないですか」

「おまえには関係ない。そこをどけい」

酒の勢いもあってか、ジャービル王は今にも腰の佩刀《はいとう》を抜きそうだ。アイーダは若者の背後で、はらはらしながら事態が収まるのを見つめていたが、見計らったようにジャービル王の側近がアイーダの後方から現れた。

「ジャービル様」

「なんじゃい、騒々しい」

「ヘサーム陛下がお呼びです」

「くそっ、覚えておれ小童《こわっぱ》」

ジャービル王は、眉間の皺を深くしながら側近を従え去って行った。姿が見えなくなり生理的な不快感と緊張感から解放される。アイーダは胸に溜まっていた息を吐いた。

「はぁ、助かった。いつもありがとう、ルト」

「いいよ、気にしないでアイーダ。ごめんね、もっと早く来られればよかったんだけど。兄さんたちと交渉の件で打ち合わせてて。あ、アイーダも舞台袖で待っていてくれてもいいんだよ。そのほうが最初から僕が守ってあげられるしさ」

ルトの人なつっこい笑顔に、かつての知人の姿が重なった。

「仕事で逗留している人に、毎回甘える訳には」

「他人行儀だなぁ。君だって仕事でここにいるんだし。まぁ、アイーダのそういうところがいいところだって思うけどさ。君はひとりで歩かないほうがいいんだけど、そうも言ってられないよね」

たしかに、他の踊り子と一緒に部屋まで来ればいいのだが。舞台後、部屋に直接戻る者はアイーダ以外誰ひとりとしていなかった。

「交渉にはまだまだ時間がかかりそうだし、気にしないで友達を頼ってよ」

そう言いながら、ルトは親指で自分の胸を軽く叩《たた》いた。

「そんなに時間がかかっているの？」

「うん。ヘサーム王がなかなか首を縦に振ってくんなくってさぁ。兄さんもナーゼルも困ってるよ。今シェラカンドが取引してるところよりも安くするって言ってるんだけど」

短髪の明るい髪をかきながら困り顔で言う。

ルトの家は代々商人で大きな金山を所有しているそうだ。共に商いをしている兄と、その友人ナーゼルの三人で金塊の取引交渉にシェラカンドを訪れたが、逗留してひと月。いまだ契約にはこぎつけていない。

「ヘサーム王って、何を考えているか分からない人だわ」

「君のこともすごい目で睨んでいるしね。まったく何が気に入らないんだか。だったら見なければいいんだよ。あっ、僕はアイーダの踊り大好きだよ！　きれいだし、宵の翠玉と言われるだけあるよ」

あわてて取りつくろうルトに思わず小さく笑い出す。世辞だとしてもこの普通の感想が踊り手として、何より嬉しい。

「笑わないでよ。僕は本当に」

「分かっているわ。ありがとう」

初めて会ったときもそう言ってくれた。その時もジャービル王に絡まれていたのを今みたいに助けてくれたのだ。

「じゃあ、おやすみアイーダ。明日も楽しみにしてるから」

「おやすみなさい」

私室の前でルトを見送った後、アイーダは、スカートの裾をたくし上げ、太ももに巻き付けたベルトから鍵を取り出した。鍵を開けて部屋に飛び込み、再び中から施錠した。閉め切られたカーテンのすきまから、わずかな月明かりが差し込んでいる。小さな台に置いてある携行用のランプに火を灯す。オレンジ色が室内を仄《ほの》かに染めた。それを手に寝台へと歩み寄る。鏡台にランプを置き、盛大に息を吐きながら、どさっとベッドに身を投げ出した。

「はぁっ」

宵の翠玉から、素のアイーダに戻る瞬間。こうすると少しでも淫乱な観客たちの空気から自分を切り離せる気がするからだ。でも、そもそも、その〝アイーダ〟すら本当の自分と言っていいのか。

疲れた。身体が、というよりも心が。寝返りを打ち心の中で呟く。

（前のほうが生きやすかった）

なぜ、自分はこんな世界にいるんだろう。そんな疑問が毎晩浮かぶ。

アイーダは宵の翠玉と謳《うた》われるルンマーン一座の花形踊り子だった。各地で舞を披露し、大陸中でその名を知られていた。評判を聞きつけたシェラカンド国王・ヘサームの命で王宮内に一座の仲間と共に逗留し、毎晩宴の目玉として踊り続けている。多くの国交を結ぶ大国の王直々の依頼。踊り子にとってはこの上ない名誉だが。

ベッドから起き上がり、タンスから寝間着を取り出していると姿見が横目に映った。深紅と紫を基調とした民族調の舞台衣装。それを身にまとった自分が、くもった表情でこちらを見返している。

上衣は胸の形にそって乳房を覆うだけの作りで、上部と脇にあるひもを首の後ろと背中の二ヶ所で縛って留めている。腹と背中が大きく露出され、くびれより下は片側に大きな裂け目の入ったスカートを穿《は》いている。舞踏に合わせて揺れ鳴る金色のアクセサリーが頭から爪先にまで煌《きら》めいている。

（こんな露出度の高い恰好なんてしたくない）

男が喜ぶ恰好。そんな姿の自分が嫌でアイーダは波打つ毛先を握りしめ、視線を下に落とした。

（もし、この世界で目が覚めていなかったら、わたしは今もＰＣを前に仕事をしていたのかな）

ぽつり、鏡の中の自分に問う。

（ねえ、信じられる？　わたしがこんな恰好で大勢の人の前で踊っているなんて）

あの日、取引先に書類を受け取りに行って、土砂降りの中信号待ちをしていた。横断歩道を渡ろうとしたとたん、すごい衝撃を感じて体が宙に浮いたと思ったら――。

（え？）

目の前には、民族風の衣装を身にまとった浅黒い肌の男性たちが大勢いた。全員胡坐《あぐら》をかいていて、皆こちらを見ている。口々に何か言っているが、一人一人の声は聞き取れない。なんだか怒っているみたいだ。

「ちょっと、アイーダなにやってんのよ！」

隣りから尖った声が聞こえてきた。振り向くと、踊り子のような露出度の高い衣装を着た女性が腰を振っている。

（え？　な、なに？）

辺りを見回すと、その女性以外にも同じ恰好をした女性たちが大勢いた。どうやら今自分の立っている場所は何か舞台の最中らしい。しかし、さっきまで雨の中にいたはずだ。状況が全然分からなくて固まっていると、客席から野次が飛んできた。

「へたくそ!!」

「宵の翠玉が何やってんだ!!」

たくさんの怒鳴り声と一緒に、金属製の杯や皿が飛んできた。

「っ！」

怖くて、思わず両耳を塞いでしゃがみ込んだ。すると腕が引っ張られる。

「アイーダ、こっち来て！」

隣りで踊っていた女性に、強引に立たせられると、後ろにある天幕の奥へと連れて行かれた。

「あんた、どうしたのよっ！　いきなり止まったりして」

「あ、あの」

訳が分からなくて、目を泳がせた。

「ここ、は？　どこ、なんですか？」

「ハァッ？　あんた白昼夢でも見てんの？」

仁王立ちしている女性は、あきれ声を上げた。

白昼夢？　それを言うなら今のこの状況こそが白昼夢だ。

(どう見たって日本じゃないし、どうなっているの？)

「アイーダ！　なんてことをしてくれたんだい!!」

思考が回らない頭で、必死に考えようとしていると、中年男性がものすごい剣幕で飛び込んできた。

「アイー……ダ……？　わたしは……、鈴木、由美子《ゆみこ》です……、けど……」

「アイーダ、訳の分からん言い訳はいらんよ！　舞台に大穴を開けおって！　とっとと一座から出てっておくれ!!」

中年男性は右腕を大きく振り、出口を指差した。ここがどこかも分からないのに出て行けと言われても、どうしていいか分からない。怒声に震え、由美子は恐怖のあまりぼろぼろと泣き出した。

「座長！　女の子は繊細なのよ!!　いっつもアイーダで大儲《おおもう》けしてるくせに。今日の穴くらい差し引いたっておつりがくるでしょ」

仁王立ちしていた女性が、中年男性に向き直った。

「ジャスミン、今日はご領主様のご依頼だったんだよ！　どんなお咎《とが》めがあるか」

「それをなんとかするのが座長の仕事でしょォ！　あたしたちは、踊るのが仕事なの。踊れないときは、休ませるのが当然じゃないのよ」

ジャスミンと呼ばれた女性は、しゃがんで由美子に目線を合わせた。

「ほら、まだ寝てるなら目、覚ましなさいよ。あんたはアイーダ。ルンマーン一座の踊り子。宵の翠玉、アイーダよ」

それが、アイーダとしての人生の始まりだった。夢なら覚めろと両方のほっぺたを思いっきり抓《つね》る。でも、いくら頬肉をつまむ指の力を強くしても、一向に目が覚める感じはしないし、まわりの景色も殺風景なアパートの部屋に変わりはしない。ただ虚しい痛さが残るだけで鏡の中からは涙目で頰を真っ赤にした自分が見返してくる。目尻からの雫で舞台化粧が滲む。

大抵の人間が持っている一番古い過去の記憶は、三、四歳頃。もしくは幼稚園から小学生くらいではないだろうか？　しかし今のアイーダには、この世界で生まれ育った幼少期から今日に至るまでの記憶がハサミで切り取ってしまったかのようになかった。そのぽっかりと空いた部分に、鈴木由美子の記憶が嵌まっている。まるで他の誰かと人格が入れ替わってしまった気分だった。

これは、いわゆる「生まれ変わり」なのだろうか……？

鈴木由美子だった頃は、幼少期のときからいつも教室の片隅でうつむいていた。社会人になってからも真っ黒な髪をショートボブにしてメイクもしなかった。

目も一重で小さくて能面みたいに無表情。劣等感の塊が地味な暗い色のスーツを着ていた。上司や同僚からは面倒な仕事を押し付けられ、反抗しても自分の立場が悪くなるだけだと言い聞かせてまわりに流されていた。同期の佐藤さんだけは、ときどき仕事を手伝ってくれて気さくな雰囲気がルトに似ていた。今頃、彼はどうしているんだろうか。ただ毎日会社に出勤し頻繁に残業もしながら黙々と仕事して帰宅。休みの日は一人暮らしのアパートで掃除、洗濯、炊事に食料品の買い出しをして。唯一の趣味は図書館で借りた本を読むことだった。何もない繰り返しの日々に、ただ流されてた。

特に不満もなかったし、平和に過ごせてたと思う。かと言って、よどみなく「よかった」という感想も出てこないけど。今の〝アイーダ〟よりは性に合った世界だった。

本当は、あんな気持ち悪い男たちの中で、こんな恰好をして踊りたくなんかない。

だが、右も左も分からない世界で、転職なんて大胆な行動を取る度胸もない。ルンマーン一座は、今の自分にとって、ただひとつの安全な場所だ。選択肢は決まっていた。

小さい頃読んだ、幻想的な雰囲気で彩られた異国の物語に夢中になった。宝石が生る樹、ランプの魔神、空飛ぶ絨毯。図書館で訳本を見かけて懐かしくなって借りて読んだけれど、すぐに後悔した。子供の頃の憧れを壊してしまった真実の物語は衝撃的だった。今自分のいるこの世界はその物語を現実にしてしまったかのようである。性的なことには関心がなかったし、持たないようにしていた。きっと一生縁のないことだ。どんなに外見が美しく変わっても、別の世界で生きていても。中身は『鈴木由美子』のまま。由美子《昔》も、アイーダ《今》も変わらない。

これは悪い夢だ――。

そう自分に無理やり言い聞かせて、再びベッドに身体を沈ませた。

締め切ったカーテンの隙間から、白い朝日が射し込む。

質素ながら異国情緒が漂う部屋は、どう見ても自分がいつも寝起きしていた殺風景なアパートではない。この不毛な行動を何十回繰り返してきたのだろう。みじめったらしい気持ちでいっぱいの身体を何とか持ち上げ、上下二つに分かれた練習着に着替える。

黒いローブで全身を覆い、ドアの鍵をがっちりとかけ、食堂へと向かった。

どの客もこの時間はまだ夢の中だ。宴の後は男女共に目当ての相手を連れ込み、一晩じゅう身体を交えているのだから。

白い石造りのどっしりとした壁の続く通路を歩けば聞こえるのは自分の足音と鳥のさえずりだけだ。朝の澄んだ空気は気持ちがいい。

渡り廊下に差しかかり佇んでいると、貴賓室からジャスミンが出てきた。

（!?）

彼女の姿に目が点になる。裸に白いシーツを巻きつけているだけではないか。アイーダは大あわてでジャスミンの元に走った。

「ジャスミン」

ばたばたと走りよると、ジャスミンは「しーっ」と人差し指を自分の唇に当て、静かにするよう注意する。

「アイーダ、まだみんな寝てるわよォ」

「そっ、そうだけど……。服はどうしたの？」

声をひそめながら聞き返した。

「え？　ああ。踊りの後カービド様に誘われて。あたしも狙ってたから本当に運がよかったわ。一晩中やってたら着ていたものが汚れちゃったの。カービド様が新しいのを用意してくれるって言ってるから敷布借りてきちゃったのよ。これもぐちょぐちょだけど」

けらけらと答えるジャスミンに眩暈《めまい》がする。よく見れば白い布にもあちこち多数の大きなしみがある。生臭い匂いが鼻に突き刺さった。

「そんな、あれ舞台衣装でしょ。座長に怒られるわ」

「平気、平気。どうせ、座長だって掠《かす》めてんだから」

ジャスミンは後ろめたさの欠片もなく答えた。

「それにカービド様、あたしの匂いのついた衣を手元に置いておきたいって。イヤン」

もう、羞恥と眩暈で頭が爆発しそうだ。

「やっ、やっぱりだめよ!!　わたしが洗うから返してもらって!!」

「えーー？」

ジャスミンは何がだめなのよと言わんばかりの声を出す。

（どう考えたって、いいわけないじゃない）

アイーダがカービドの部屋のドアをノックしようとした瞬間、しゃがれた怒声が飛んできた。

「アイーダ!!　おまえは、わしの申し入れを断っておきながら、こんな若輩と!!」

間の悪いことに、廊下の向かい側からジャービル王が、年に似合わぬ速さで走って来る。

「ジャービル様。わたしはどなたとも関係を持ってはいません。誤解にございます」

「そんな戯言《たわごと》で王を謀《たばか》る気か!!　踊り子風情がいい気になるな!!」

ジャービル王は激しく捲《ま》くし立てる。どうやら、アイーダがカービドの部屋から出て来たと勘違いしたらしい。弁解しても怒り狂っているジャービル王はまったく聞く耳を持たない。困り果てていると、ジャービルは、貴賓室のドアを激しく叩き始めた。

「カービド!!　おのれ、アイーダがわしの気に入りと知っておって、無礼者めが!!」

「ジャッ、ジャービルさまっ!!　決してそのようなことはっ」

扉の中から半裸のカービドが姿を現し、顔面蒼白《そうはく》になった。年配者である他国の王からの、身に覚えのない言いがかりに一貴族の彼は、ひたすらひれ伏した。

カービドの後ろでは、衣が乱れた高貴そうな女性がおろおろしている。

「年寄りだと馬鹿にしおって――!!」

怒り狂ったジャービル王が佩刀を抜き丸腰のカービドに斬りかかった。

まさかの事態に血の気が引く。スローモーションのようにジャービル王の刀がカービド目がけて振り下ろされていく。アイーダは思わず目を瞑った。

「ぐわーあああああ!!」

頓狂な叫び声が耳に入る。まぎれもなくジャービル王のものだ。アイーダは恐る恐る目を開けた。

すると、天井を突き抜けんばかりの巨大な男がジャービル王の襟首を指先でつまみ、自分の顔あたりの高さまで持ち上げていたのだ。

(魔神?)

あまりの非現実的状況に放心状態でいると、ジャービル王の懇願する声が聞こえてきた。

「ひいいいいいいいいい、もうっ申し訳ございませんっ!! ひらにっひらにご容赦を!!」

数分前までの威勢の良さはどこ吹く風。怯《おび》えきった王は失禁までする始末だった。

すると魔神は、ぱっと指を放し霧となってジャービル王を包み床に降ろすとその姿を消した。

「くうううううう」

ジャービル王は、首まで真っ赤になって、もたつきながらも足早に去って行った。

「噂通りなのね」

ぼうぜんとしていたアイーダに女性の怯えた声が耳に入る。女性は立ち上がったカービドのそばに寄りそった。

「ああ、本当にジンが徘徊《はいかい》しているとはな。ヘサーム王は恐ろしい」

カービドは女性の肩を抱くと、そそくさと部屋の中に引っ込んだ。


「カービド様って〜、宰相様だっけ〜」

酩酊《めいてい》状態の口調で、サナが穀物をほおばりながら言う。

「王様の命令で、来たんだって。ひと晩ずーっとやってたけど。明け方奥様が来て代わってって言うから。なんか、カービド様があたしとやってる間、召使やら友人やらとしてたみたいだけど。やっぱ夫のがいいって押しかけてきたみたいよ」

ジャスミンがメロンを口に入れながら答える。

「カービド様も主君とヘサーム陛下との板挟みで大変ね。あ、ジャービル様もいるから三つ巴《どもえ》になってしまうわね」

微笑みながらタラーイエが上品な所作で羊肉を口に運ぶ。取引交渉のためシェラカンドには毎日入れ替わり立ち替わり多くの客が出入りする。踊り子たちは、夜の営みの最中うっかり口を滑らせる男たちから、多くの情報を得ていた。

(さっきのって、魔神だよね？)

アイーダは食堂に着いてからも魔神のことが気になっていた。アラビアン・ナイトみたいな世界だとは思っていたけれど、まさか魔神まで出てくるなんて。

「アイーダ、聞いてんのォ？」

「なっ……なに？」

隣りからジャスミンが身を乗り出してきた。大きな声に一座の面々も注目する。シーツを巻き付けたままの恰好だが、踊り子どころか、楽師も座長も気にも留めない。

「もォ！　あんた、いつになったらヘサーム王と、やるわけ？」

（また、その話）

先刻のカービドのように、夫婦共に妾・情夫が何十人いても騒ぎ立てる者はひとりもいない。一座の踊り子として各地で興行してきたが、どの国どの町でもこんなありさまだった。ルンマーンのような旅芸人一座の踊り子と淫らな関係に落ちるのも常だ。一国の主でも王族でも貴族でも庶民でも奴隷でも肉欲の前では皆同じだった。

（信じられない。ダブル不倫じゃない）

この世界で最初から生まれ育った記憶があれば、それが普通だと何の疑いも持たず受け入れられていただろう。アイーダの中の土台となっている鈴木由美子の記憶が、彼女自身をこの世界で生き辛くしていた。

「ヘサーム王は、貴族しか相手にしないんでしょう？」

宴の後、ヘサーム王は貴賓の女性たちと一夜限りの閨事《ねやごと》を繰り返していると聞く。

「踊っている間、片時も目を離さず、あなたに情熱的な眼差しを向けているじゃないの」

「それとも〜、童貞なルトのほうが、いいの、アイーダ？」

タラーイェとサナが口をはさんでくる。

あれは情熱的というよりも、睨んでいるの間違いではないだろうか。

「ヘサーム王は、論外だし、ルトは友人だから」

「なんで、ヘサーム王がだめなのよォ！　あんた、ずっとヘサーム王狙いだったじゃない！」

ジャスミンが言っているのは、カリーブの舞台以前のアイーダのことだ。

この世界の慣習に戦慄していたとき、『あんた、シェラカンドのヘサーム王以外願い下げだって、言い寄ってくる男全員蹴ってたじゃないの』と彼女に聞かされ、貞操が守られていたことに安心半分、唖然《あぜん》半分だった。自分であって自分ではない。昔のアイーダは何を考えていたのか。ルンマーン一座がシェラカンドに呼ばれたのは今回が初めてだ。会ったこともない男性を射止める気だったのだろうか。

「地位も名誉も富もあるし、独身。あれで顔が不細工だったら最悪よねェ。いっつも、青絹で顔隠れてるし」

「謁見の際もファティ様のお顔しか拝見できなかったものね」

「ファティ様はやさしいし、あの笑顔に癒されるよね」

サナの言葉にアイーダは心の中で頷いた。シェラカンドの大臣ファティは、いつもおだやかな表情で、誰に対しても紳士的だ。

「あら、アイーダはファティ様の方がお好みみたいね。カリーブの舞台以降、憑《つ》きものが落ちたみたいだわ。本当にジンでも憑いていたのかしら」

「ジン？」

タラーイェが口にした言葉に、アイーダは疑問を浮かべた。

「アイーダも、さっき見たじゃないのっ！　カービド様のところで」

ジャスミンが、あきれた声を上げる。今まで一座が回った場所でも魔神を見たことはなかった。当然、由美子だった頃に出くわすはずもなく。

「え、ジンって、魔神のこと？」

「あら、二人は王宮のジンに遭遇したのね。姿形を自由に変えられる精霊のことをジンって言うのよ」

あきれてものが言えないという顔のジャスミンに代わり、タラーイェが説明をしてくれた。

「その辺にうようよいるけどね。なんにでも化けられるから、すれ違っても分かんないけど」

満腹になったのか、サナがタラーイェに絡みつく。存在自体は珍しくないが、姿を変えられるため、遭遇しても気付くのは難しいのだろう。

「サナ、お行儀よくなさい。私も故郷で見かけたことはあるけれど、実物を目の前にしたら恐ろしいわよね」

「王宮のってことは、ジンはヘサーム王に仕えているの？」

「そうらしいわよ。私も寝台の中で聞いただけだから」

ほんの少し前まで落ち着いた口調で丁寧に説明していたタラーイェから、夜の話題が出るとなんだか静かに衝撃を受ける。疑問は解消できたものの、アイーダのヘサーム王への印象は、ますます怖いという方向に転がっていった。

食休み後、王宮の中庭で今夜の宴の稽古が始まった。大広間と同じ円形造りの中庭は広さもほぼ同じで感覚が摑みやすいのだ。

楽師たちの音色に乗り、大きな薄絹を頭上に掲げながら踊り子たちが舞う。群舞の間から虹色の薄絹を身体にまとわせたアイーダが現れ、風と戯れるように舞った。

「いっつも、こうだといいのに。いつも着てる変な恰好もやめなさいよ。ひもが切れるくらい巨乳なのに！」

「やっ、何するのよジャスミンっ」

すぐ横にいるジャスミンが、胸を揉《も》んできた。シェラカンドに来る以前の舞台で踊っている最中、胸の重みに耐えきれず首のひもが切れてしまったことがあった。それ以来アイーダの舞台衣装の上衣は、胸をしっかりと包み込むつくりで、首と背中のひもも頑丈な特注品になった。もう、あんな恥ずかしい思いはしたくない。稽古中にも関わらず、悪戯を仕かけてくるジャスミンに赤面しながら、アイーダはうつむいた。

「こらこら、アイーダ！　みんな動きが止まってるよ！」

座長が手を叩き注意する。

「あんな恰好してるから、うじうじしてんのよォ。普段からそういうの着てれば度胸《どきょう》も付くわよ」

ジャスミンは、アイーダの練習着のブラを引き下げた。

「ちょっと、ジャスミン！」

「ジャスミンの言うことも一理あるわね。せっかくの豊かな胸なんだから、もっと見せたほうがいいわ」

「アイーダ、もったいないよお～」

いつのまにかタラーイエとサナまで加わっている。

(辛気臭いって、あれは普通だと思うんだけど)

仲間が辛気臭い、と指摘するアイーダの私服は七分袖のゆったりしたAラインのワンピースのようなものだ。以前の逗留先で男性ものの長衣を買い、裾を短く作り替えたもので、舞台前後やいつも羽織っているローブも、暗幕の中心に穴を開けフードをつけた手作りである。気候のせいもあるが、女性は肌を見せるのが美徳とされ市場にも露出度の高い服しか売られていない。ジャスミンと自分以外の踊り子は全員舞台衣装に近い肌を露出させた恰好をしている。アイーダが止まってしまったことで、まわりもばらばらになってしまう。というより好き勝手に動き始めている。

「何やってるんだい！　ちゃんと陣形を組むんだよ。アイーダ、おまえが要なんだから、ジャスミンもよけいなおしゃべりするんじゃないよ」

再度、座長の叱咤《しった》する声が飛ぶ。ジャスミンたちは、つまらなさそうにアイーダから離れ立ち位置に戻った。アイーダは深呼吸して中央に立ち、晴れ渡る空に薄絹の虹を舞い上がらせた。すると、どこからともなく拍手が聞こえてくる。

「すてきだよ、アイーダ」

声の方を見ると、籠を脇に抱えたルトが柱の近くに立っていた。

「ルト。やだ、いつのまに」

「差し入れに来たよ、はい」

にこやかに笑いながらルトはアイーダに歩み寄り、無花果《いちじく》が山盛りに入った籠を手渡した。

「ありがとう」

ひゅーぅ、と楽師の一人が指笛を鳴らせば、踊り子たちも二人のまわりをぐるりと囲んだ。

「さすがは、アイーダの旦那ね！」

「ジャスミンっ！　みんなも」

怒涛《どとう》の冷やかしに抗議するアイーダを受け流して、ルトの差し入れを手に全員休憩へとなだれこんだ。

柱の下で座り、アイーダは無花果をかじった。柔らかくて甘い野性味を感じさせる果肉に、とろけてしまう。心地よい風が柱の間を吹き抜けていって気持ちがいい。中庭は聖泉の近くにあり、舞踏で火照った身体に甘い果実と涼やかな風は何よりのごちそうだ。このひとときは、今の世界で一番好きな時間だった。

柱の陰から、雲ひとつない青い空を眺めていると、聖泉のほうから人の声が聞こえてきた。嫌な予感がしてアイーダはびくりとした。水音と共に男女の声が風に乗って流れ込んでくる。経験のない自分でも彼らが何をしているかは嫌でも理解できた。

せっかくの休息が台無しになりアイーダは膝頭に突っ伏した。

「アイーダ、大丈夫？」

無花果を手にしたルトが隣に立った。答えに困りアイーダはうつむいた。

「ああ、嫌だよね。ああいうの」

「えっ」

ルトは不満そうな声を出し、柱にもたれかかり、無花果をかじり出す。意外な言葉に顔を上げると彼は話を続ける。

「妻子持ちでありながら、他の女性と関係を持つなんて。僕にはとうてい信じられないよ」

「ルトの故郷では違うの？」

「ううん、同じだよ。僕の両親も情婦情夫《あいじん》が何人もいるし。でも僕は嫌なんだ。異端だって言われるけど温かい家庭を作りたいって昔からの夢でさ」

「すてきだと思う」

「ありがとう。アイーダなら僕の考えに共感してくれるって思ったよ。鳥だって伴侶が死んだらその後も一生涯独りでいる種類があるんだ。僕も、そうありたいって。少し気障かな」

照れ笑いをする彼に、なんだか心が温かくなる。

「わたしも、生まれはここからずっと遠い国だから。どうしても逗留先やシェラカンドの人たちの慣習についていけなくて。婚姻前に、その」

アイーダとしての幼少期の記憶がない彼女にとって、生まれ故郷というのは鈴木由美子でいた頃の日本を指す。恥じらいを見せるアイーダにルトは優しく答える。

「そういうのは結婚してからじゃないと。愛し合っているからこそ初夜は意味があることだと思うんだ。それだけ神聖なんだと思うし」

その言葉を聞き、アイーダの表情が花を咲かせたように明るくなる。人なつこく笑うルトの姿が佐藤と重なった。

（ルト、いい人だな。もしかして本当に佐藤さんだったりして）

覚えている部分の記憶を手探りしていて、いつも思い出す彼の名前。期待が高まり気付いたときには質問をしていた。

「あ、あのっ。ルトは今の自分になる前の、ずっとずっと前の記憶とか、あると思う？」

「ん、えーと。そうだなぁ、そういうのって僕もあると思うよ。こうしてアイーダと会えたのも何かの縁だと思うし、将来僕の隣に君がいてくれたら」

希望に満ちた響きに初めて胸が高鳴った。

「はあい、それまで〜。アイーダ、だんなと乳繰り合いたいのは分かるよ。でも休憩時間終了で〜す」

サナが眉毛の上で切りそろえた黒髪を揺らしながら、ずいっとふたりの間に顔を突き出した。

「ち、ちが」

「そうそう。人畜無害な顔してたって、ルトも男なんだからね」

続いてジャスミンが顔を出した。

「ぜひ、そうなりたいよ」

ルトの爆弾発言に周囲は色めき立ち歓声を上げた。戸惑いつつもアイーダは内心まんざらではなかった。

なんだかくすぐったくて照れくさい。この世界の住人になって初めて得たような想いだった。

夕日が沈み、空が藍色に染まる頃、大広間での宴が始まった。昨晩と同じ顔触れも多数いれば、初めて来訪した者もいる。うまい酒と料理に舌つづみを打つ客人の前で、踊り子たちが、旋律に乗り舞を披露する。

群舞と入れ替わり、アイーダが、ひとり虹色の薄絹を手に舞い始めた。

身を翻すと、客席の端に腰を下ろすルトと目が合った。

『きれいだよ』とルトが手を振る。うれしくなり微笑み返した瞬間、背筋が凍りつくような視線を感じる。舞いながら、その視線の正体を探ろうと観客席に目を走らせる。

（ヘサーム王……っ）

凍り付く視線の正体は、やはりヘサーム王だった。顔と頭を覆う絹布《シルク》の間から二色の鋭い瞳が、こちらを見つめていた。

いつものように専用の寝椅子で脚を伸ばし、頬杖《ほおづえ》をついていて、傍らには召使が控えている。表情を一切うかがい知ることが出来ず、その得体の知れない恐ろしさに舞踏で熱くなっていくはずの体温が脈打つたびに冷えていく。

（集中するのよ）

振り切っても振り切っても、視線の主は動きを封じるように先回りしてくる。舞踏で揺れる腰の

チェーンベルトが自分の心情を表しているようだ。

もはや、他の男どもの視線など感じる余裕は無く、サソリの毒に犯された動物のようにアイーダは心の内側で、のた打ちまわっていた。

やっとの思いで踊り終わり、客席に向かいおじぎをする。数分間の舞踊が何時間にも感じた。舞踏によるものとは違う嫌な汗が全身を流れていく。

(ヘサーム王の視線から解放される)

そう安堵《あんど》したが、完全に大広間から退出するまでヘサーム王の視線から逃れることは出来なかった。

(いったいなんなのよ。王宮で初めて踊ったときから、ずっとこっちを睨んで)

身体は火照っているはずなのに氷水を大量にかけられている気分だ。汗を拭うのも忘れ、アイーダは冷たいと錯覚する腕を抱いた。

「見・た・わ・よォ。やっぱ、ルトとヘサーム王に絞るわけね」

ジャスミンの高揚した声に我に返る。

「あっちょっ、返してジャスミン」

いつも舞台袖に置いているローブを取り上げられ、あわてて取り返そうとする。

「だからっ、そんなんじゃないから」

「ヘサーム王も、いつにも増して、あんたに熱い視線送って！　あんたがルトを見つめた直後よ。あれは嫉妬ね」

「もう、返してジャスミン」

アイーダの追求をひらひらとかわし、ジャスミンはサナにローブを放り投げた。

「童貞男子とお～、国王陛下あ～」

サナはローブで上半身を隠しながら、その場でくるくる回る。

「サナ、返して」

詰め寄るが、後ろ手にローブを隠され明後日の方向に投げられてしまう。

「いい加減にしなさい。二人とも」

ローブを受け取ったタラーイェは、アイーダにそのまま手渡した。

「ありがとう、タラーイェ」

「やっぱり、これは私が預かろうかしら。その身体を隠す必要は私もないと思うわ」

「……考えておくわ」

まるで教師のような口調にそう答えるしかなかった。

(ルトはわたしを恋愛対象として見てくれているみたいだけど、ヘサーム王は絶対違う。他の男と一緒で毎晩毎晩女を食い漁っているんだもの)

急いで汗を拭いてローブを被り終わったとき、ルトが現れた。

「あのさ、アイーダ。いっしょに星を見に行かない？　いい場所見つけたんだ」

昼間の再現みたいに仲間たちがはやし立てる。生まれて初めての異性からのデートの誘いにアイーダの心は踊っていた。

ルトに案内された場所は王宮内から町が見渡せる位置にあった。家々には暖かな色のランプの明かりが灯り、暗闇に舞う蛍のようだ。

「わぁっ、きれい」

紺青の夜空に散りばめられた金色の星々と、少し欠けた輝く月。吸い込まれそうな夜空に舞踏中の戦慄も消え去っていくかのようだ。どんな世界でも自然は美しい。

「はい、アイーダ」

「ありがとう」

シャーベット水の入ったグラスを受け取る。冷蔵庫はないが聖泉の水を濾過《ろか》した水は、ひんやりと心地よい冷たさがあった。手にしたシャーベット水をひと口飲む。

砂糖を溶かし込んだ甘い液体が喉と身体に沁《し》み込んでいく。

「ありがとうルト。お陰でよく眠れそう」

隣に立つ彼に笑顔で礼を告げた。

「ルト？」

声をかけても返事がない。不思議に思い彼の名を呼んだ。

それでも返事はない。

ルトは何も答えず、自分を冷やかな目で見つめていた。

「ル、ト……？」

ゆら、と彼の身体が自分のほうに傾いてくる。

静まり返る空間に、杯がくだけ散る音が響く。

無言の男はそのまま砂糖で甘く飾られたアイーダの唇を奪った。

何が起きたのか、すぐには理解できなかった。目に映るのは至近距離のルトの顔。満足そうに目を閉じている。唇に否応なしに与えられる熱と濡れた感触で、ようやく自分がどのような状況に置かれているのかが分かった。つぅ、と頬に涙が伝う。

それは感激によるものじゃない。男はゆっくりと唇を放し、今まで見たことのない邪悪な笑みを浮かべた。

とっさにルトの身体を両手で力いっぱい押した。不意なことにルトはよろめき、したたか尻を打った。

「なにすんだこの女《アマ》!!」

「そ、れはっわたしのセリフだわっ。いきなり、こんな……。はじめてだったのに……」

「んなの大したことねーだろ!!　どんだけ、初心なんだよ踊り子のくせに!!」

(これが今までわたしを助けてくれた人なの?)

「昼間、の話はっ。今までわたしをかばってくれた言葉は」

「んあ、全部芝居に決まってんだろ」

男は頭をかきながら面倒臭そうに言葉を吐き、アイーダの肩を掴んできた。

「おまえさぁ、ちょっと優しそうな言葉をかけただけでだまされやがって、どんだけばかなんだよ。踊り子なんか、どいつも頭空っぽじゃねーか」

あまりの事態に思考が停止する。信じていたものが音を立てて崩れ落ちていく。ルトは大広間の男たちと同じ笑みを浮かべながら、にじり寄ってきた。

「つ！　離して!!」

ルトに押し倒され、ローブの裾をたくし上げられる。抵抗するが細そうに見えたルトは思っていたよりも力が強い。

(こんなヤツに、奪われたくなんかない)

必死でもがき汚い男の手を自分の体から遠ざけようとしたが、押さえつけられる力は一向に弱まらない。

(いやっ――!!)

「うあっ！」

ルトの悲鳴と鈍い音を聞いた。とたんにアイーダの身体は軽くなった。

「未練がましいな」

(誰？)

聞いたことのない男性の声。落ち着きと威厳を湛《たた》え、揺るがぬ自信と尊厳さえ感じさせる。夜風に微かに甘く官能的な香りが混ざる。

アイーダが身体を起こすと、ルトが尻もちをつき、目の前に立つ人物を恐れおののいた顔で見上げている。相手の顔は柱の陰で見えないが、月明りに照らされているルトの顔は、はっきり晒されている。腰が抜けて動けないらしい。あまりの情けない姿に怒りと悲しみが引いていく。

「腰抜けが。目障りだ、下がれ」

今一度、背の高い人影が言い捨てるように言葉を発する。ルトはようやく立ち上がると腰が引けたまま弾かれたように走り去っていった。アイーダも立ち上がり、その人物を見つめる。いや、立ち上がっても見上げなければ顔を見ることは叶《かな》わない。

（これは、麝香《ムスク》？）

たった今感じた香りは、この人物から発せられている。

「あ……、あの、ありがとうございました。助けていただいて」

「おまえにとって、接吻《せっぷん》など些細《ささい》なことだろう」

一礼すると、小馬鹿にした乾いた声が降ってくる。

心ない言葉にアイーダは顔を上げた。砂混じりの床を踏みつけ、長い影が近づいてくる。

（嘘……っ）

声の主を視界にとらえ、アイーダは凍り付く。一対一では最も会いたくなかった人物だ。月影を従え、左右の色の異なる光を放つ瞳が浮かび上がる。

そう、それは紛れもなくシェラカンド国王ヘサーム・アル・ラシードその人だった。

第二章　芽吹き、艶めく

「接吻《せっぷん》など、些細《ささい》なことだろう」

その男は不敵な笑みを浮かべ、アイーダの前に立った。

（まさか、ヘサーム王がいるなんて）

いつも絹布の陰に隠され、その素顔を知ることはなかったが、あの赤と青の瞳は間違いない。しかし、なぜこんなところにヘサーム王がいるのか。宴の後は毎晩一夜限りの淫楽に興じているのに。

混乱する頭でそんなことを必死に考えていると手で顎をとらえられた。上を向かされ目が合う。親指に嵌められた指環がひやりとした感触を皮膚に移す。ヘサームの腕を両手で摑《つか》み引き離そうとするが震えて力が入らなかった。二メートル以上はありそうな背丈が威圧感を増長させている。限りなく近い距離に咽《む》せかえりそうな香りが鼻孔に入り込む。端正で野性的な顔に、神秘的な光を宿す鋭い瞳。月光に冴《さ》える烏羽玉《うばたま》の黒髪が輝く。褐色の肌はビロードみたいに滑らかそうだ。舞台から見た印象そのまま、いや、間近ではその威厳に圧倒されそうだ。初めて至近距離で見る王の容貌に、ただただ及び腰になっていた。

（ど、どうしよう）

たった数秒前までの気分も最悪だったが、今はまた別の最悪な気分だ。恐怖で固まっていると王の押し殺した笑い声が聞こえてきた。

「くくくっ。評判の宵の翠玉《ナイト・エメラルド》は大層初心《うぶ》な生娘だと見える」

「なっ」

（なんて人なの。初対面、じゃないけども。話したこともないのに、いきなり、なんなの）

恐怖と驚きで止まっていた思考が脳内で、ぐるぐる回り出す。

「沈黙する、ということは肯定か」

「ちが、い」

いや本当だ。「違う」と言いかけて口をつぐんだ。

「やはり馬鹿正直な生娘か。あんな輩《やから》の口車にあっさりだまされるとはな」

さっきからいちいち失礼だ。

「おっ、お言葉ですが。わ、わたしが誰を信用しようと、陛下のご迷惑にはならないと思いますが」

声が上ずってしまった。

「ほう、雇い主である国王に口答えするとは随分と命知らずなんだな」

鋭い視線が舐め回すように見つめる。

「――っ」

怖くて反射的に目を瞑ると、空いた左手でローブをめくり上げられ、隠された白い肌を暴かれた。

「ひゃあっ」

ひと欠片の躊躇《ちゅうちょ》も見せず、王はアイーダの腰に両手を添え優美な曲線をなぞった。

「あっ」

初めて異性に素肌を触れられ動揺する。

「隠すには惜しい肌だ」

「んっ」

何度も大きな掌で腰回りを撫《な》で回される。ヘサームは腰に着けた鎖飾りと肌の間に指を入れ弄んだ。

「いやぁ」

くすぐったくて、触られたところから身体が溶けてしまいそうだ。恥ずかしくて身を捩《よじ》った。

「こんな身体を晒《さら》して、下心を持たぬ輩などおらぬ。ただでさえ艶やかに舞っているのだからな」

「あれは、仕事で」

男を誘うような動きではあるけど、それは表現の一環で実際に男を誘っている気は全然ない。

「美しくはあるがな」

「えっ」

（なんなのこの人。馬鹿にしているかと思えば褒めたりして、やっぱり何を考えているのか全然分からない）

「だが、接吻程度で泣き喚くなら、やはりただの子供か」

その言葉に、さっきまでの最悪な気持ちが一気にぶり返す。

「……っるさいっ。わたしには、接吻程度じゃないのよ。初心な生娘で…、何が悪いの」

相手が雇い主であるということをすっかり忘れて感情のまま口に出していた。止まっていた涙があふれた。

「ならばその記憶を消せばいい」

「え？」

両肩を押され、壁に追いつめられる。

「んっ」

ひやりと冷たい感触が背に当たる。それを認識するかしないうちに王の唇がアイーダの唇を塞いだ。再び頭が真っ白になる。さっき別の男にされたことと同じことがまた自分の身に起きている。

唇が深く啄《ついば》まれ、卑猥な音が唇から洩《も》れる。さっきのとは比べ物にならないほど、鮮烈で濃厚な口づけ。葡萄《ぶどう》酒と、ヘサームの臭いがまぐわい、苦しいくらいの甘さと苦みが胸に広がっていく。

「んっんぅ」

何度も何度も角度を変え、呼吸も触れた瞬間の唇の感触すらも奪いつくしてしまうような荒々しい口づけ。

「はっ、んぅっ」

一瞬離れた唇がまた重ねられる。激しく深く。逃げようとしても太ももの間に脚を差し入れられ、完全に退路を断たれてしまった。

「んんっ、ん――。ふっ」

刹那の呼吸すら許されず胸が苦しくなる。この痛みが今目の前にいる男からの口づけによるものなのかすら、分からなくなっていた。

(やだっ)

甘い口づけじゃない、こんな艶めかしい官能的な。

「んんんっ」

唇を介して口の中に何かが入ってきた。生々しい感触に身体が跳ねる。アイーダの唇をこじ開け、王の舌がにゅるりと入り込んでいた。さっきのルト《男》のことなんて一瞬にして消えて去ってしまった。

(ディープキスだって、初めてなのに。なんで、この世界の男はみんな、こうなのよ)

「んっふっ、うぅんっ」

逃げ惑う舌を絡められ嬲《なぶ》られる。強く吸われ、甘噛みされ、なす術がない。一瞬唇が離れ互いの唾液が混ざり合った銀糸が紡がれる。

「あ、はあっ。んうっ」

苦しくなった胸で吸い込めた空気は、微かなもので、またすぐに唇が塞がれた。顔をそらそうとしても顎を左手で掴まれ叶わない。身体中が彼の香りに支配される。濡《ぬ》れ切った唇を滑らせ王の口づけは一層激しさを増した。

「ふぅ」

(やだっ、もう、やめて)

感情はのたうち回るのに、思考は停止して身体が動かない。それでもわずかに残った意識で手を動かした。頬を叩く乾いた音が空を裂く。

「はぁっ、はぁっ」

まともに呼吸が出来なくて肩で息をした。

「なん……な……っ」

「これで、さっきのことは忘れただろう」

一切揺らがぬ確信に満ちた答えが返ってくる。

(確かにルトのことなんて、忘れてたけど。だからって)

ヘサームの口づけが刻み込まれた唇を押さえる。

「先の災難よりも、強い衝撃を与えれば、記憶は塗り替えられるだろう」

ヘサームは堂々と言い放った。極度の緊張と衝撃に耐えきれず、アイーダは薄く砂に覆われた床に、ぺたりと座り込んだ。唾液に満ちた口内と唇に残された感触が、今あったことが現実だと追い打ちをかける。驚きすぎて止まっていた涙が再び滲《にじ》み始めた。ヘサーム王はそんなアイーダの様子を意にも介さず、独り言のように言葉を発した。

「マリッド、この踊り子を部屋まで送り届けてやれ」

その言葉が発せられるや否や、黒煙が立ち上り巨大な魔神が現れた。魔神は放心状態のアイーダを手に乗せると、瞬時に彼女の泊まっている部屋へ移動した。

「面白い女だ」

ひとり、笑みを深めながら呟《つぶや》いたヘサームの声は紺青の夜空に消えて行った。

ベッドにアイーダを置いた刹那、魔神の姿は霧散した。

懸命に息を整える。まさかひと晩で二人の男に唇を奪われるとは思わなかった。

（一生縁のないことだと思っていたのに）

それに、こういうことは本当に好きな人としたかった。

信頼していた男には裏切られ、一番苦手な男には深く口づけられた。ベッドに疲れ切った心と体を預けたまま、気付けば空は白んでいた。


鏡台には涙でぐちゃぐちゃになった化粧と大きな隈《くま》を拵《こしら》えた顔が映っている。頭も心もずきずきと痛みを発していた。

（今夜も踊らなければならないのに）

色欲に狂った男共に肌を晒したくはないが、仕事は仕事。どんなことも、しっかりこなさなければという生真面目さは、鈴木由美子生来のものだった。

不眠の身体を引きずり部屋を出ようとする。厨房《ちゅうぼう》でお湯を分けてもらい、化粧を落とさないと。

太もものベルトから、鍵を取り出した。

「ん？」

扉の鍵穴から、鉛筆の芯くらいの細い煙が立ち上る。

（火事っ!?）

部屋から出ようと、あわてて鍵を差し込もうとするが、煙はもくもくと太くなった。頭が混乱し、鍵が差し込めない。

「きゃあああああっ!!」

いきなり、小さな魔神が、にゅううっと顔を出した。アイーダの悲鳴と同時に鍵が開く音がし、昨夜と同じの香りが漂ってきた。

「案の定、一睡もしてないらしいな」

そこには荒々しくアイーダの唇を奪った男が立っていた。身体の熱が急上昇し、唇を押さえる。そんな様子も面白がっててか、ヘサーム王は不敵な笑みを浮かべていた。

「くくっ、しかしひどい顔だな。化粧が台無しだ」

(ほとんど、あなたのせいじゃないの!)

心の中でそう叫んでいると、二人の横を召使が通り過ぎる。一昨日の宴でもヘサーム王の側で酌をしていた人物だ。小柄で細く、少年のような姿をしている。料理の盛られた中皿と液体の入った杯、湯の入った盥《たらい》が乗せられた食卓を持っている。

「薬師に特別に調合させた薬と、滋養のある料理だ」

「え?」

わざわざ大国の王が、ただの踊り子の見舞いに来てくれたというのだろうか。召使は床に絨毯《じゅうたん》を敷いて食卓を置くと、アイーダに会釈し食べるよう促した。

「あ、ありがとうございます。いただきます」

戸惑いながらも礼を言い、添えられた木のスプーンで料理を口に入れた。すると再び王の押し殺した笑い声が横から響いた。

「本当に容易《たやす》く人を信用するんだな。媚薬《びやく》が盛られているとは思わぬのか」

「びっ　媚薬!?」

思わず手にしていたスプーンを食卓に落とした。

(じゃあ、この薬も)

アイーダは、青ざめながら疑いの眼差しを料理と薬に向ける。

「安心しろ、媚薬など入ってはいない。薬も私の薬師が調合したものだ」

あからさまに怪しんだ視線を向けると、王はスプーンを手に取り料理と杯の液状薬を自らの口に運んで見せた。

「今宵もおまえの舞を愉しみにしているぞ」

ヘサーム王は笑みを浮かべると、召使を連れ、部屋を後にした。

(びっくりした。まさか毒見するなんて)

でも、これで安心だ。アイーダは再び中皿の料理を口にした。

「おいしい」

なんだか元気になった気がする。疲れた体に沁《し》み込んでいくみたい。一口、二口と食べ進めるうち、中皿の料理を全部平らげていた。隣の杯を持ち躊躇《ちゅうちょ》しつつも一口飲む。

「飲みやすい」

さすが、国王専属の薬師だけある。ごくごくと残りの薬を飲み干した。

ここで重大なことに気付いた。

（これって間接キスじゃないの）

たった今まで口に運んでいたスプーンを凝視して、ぶるぶる震える。

（絶対に、わざとだ）

口づけが些細なことと言い捨てるくらいの人だ。このくらい呼吸することと同じ。何とも思っていないに違いない。激しい後悔と怒りで、どっと疲れが巡った。


アイーダは優雅に舞った。右手の扇から伸びる薄絹の尾が鍾乳石装飾《ムカルナス》の天井へと舞い上がる。そして、またも、鋭い眼差しに身体を射貫かれる。昨晩の深く濃厚なキスと今朝の策略的な間接キスで妙に意識してしまう。踊りながら知らず知らずのうちに寝椅子に座る姿を追ってしまう。青絹に隠された色の異なる瞳は、鋭利な光を灯したまま自分を見つめている。時折目が合う気がして、唇を見られている気がして。何だか頬と胸が熱い。アイーダは薔薇《ばら》色を灯す頬も、沁みていく胸の熱と高鳴りも、舞踏のせいだと自分に思い込ませようとしていた。

「おつかれさま。みんな今夜も大成功だ」

大広間の先にある廊下で、踊り子たちを上機嫌の座長が出迎え、銀貨を配っていく。アイーダは、いつも通り汗を木綿布で拭き、黒いローブで全身を覆い尽くしていた。

「アイーダ。そんなぼろい暗幕被るのなんか、やめなさいよォ。こっちまでじめじめしてくるじゃない。ここにいるのは大金持ちばかりよォ？　上手くすれば、妾《めかけ》になれるわよォ」

ジャスミンは時間と身体を無駄遣いしていると言わんばかりだ。先日関係を持ったカービドと続いているらしく、脳内の花畑が透けて見えそうである。

「昨日、ルトとはどうなったわけ？」

ジャスミンが眼前に飛び出してきた。

「わっ、なっ……。何もないわよ」

「じゃあ、ヘサーム王と何かあったわけェ？」

「だから。何も、ないわよ」

「あんた、今朝の練習休んだじゃないの。でっかい隈《くま》まで作っちゃって」

思わず下瞼《まぶた》に触れる。燭台《しょくだい》とランプに照らされてはいても、真昼のような強烈な明るさはない。厚塗りの白粉に塗り隠した隈が見えるはずはなかった。朝、座長に報告したときと昼間の稽古で見られていたのだろう。

ヘサーム王は、本当に何を考えているんだろうか。直接話す機会がなく、人づてに聞いた情報と舞台越しに感じる視線のみで組み立てられた人物像は、怖くて淫乱な暴君だった。昨夜、初めて身体が触れる距離で感じたのも怖いという印象で、やっぱり最低だと思った。

（でも）

キスには腹が立つものの、ヘサームが用意させた料理と薬がなければ、今日の舞台は台無しだったかもしれない。

今朝は、あの後座長に事情を話し、午前中アイーダは仮眠をとっていた。夜の間一睡も出来なかったのが、嘘みたいに眠れたのだ。昼食後は中庭の稽古に参加し、打ち合わせもしっかりと出来た。

（わたし、からかわれているのかな）

ヘサームの言動、行動原理がまったく読めず、アイーダは、その場にぼうっと立ち尽くしていた。

あんな激しくて荒々しい、狂おしいくらいに求められているかのような口づけ。生々しい感触が唇に蘇《よみがえ》り全身が熱くなっていった。


（やはり、変わった）

橙《だいだい》の明かりの中で、たおやかな四肢を自在に動かし、美しく舞う女。以前は、もっと激しく妖艶なだけだった。変わったのは、あのカリーブの舞台の後からだ。

落ち着かない様子で頻繁にこちらをうかがっていた。本人は無意識だろうが、確実に自分を見ていた。ヘサームが見返すと目を合わせぬようにと、あわてて無理やり顔を逸らしている。

（面白い）

ヘサームは、杯に注がれた葡萄酒を口にした。


「もォ！　あんた子供じゃないんだから」

「ごめん、ごめんっ。今日だけっ」

今夜は、どうしても一人で部屋に戻りたくなくてジャスミンを拝み倒し、ついて来てもらった。

「カービド様に怒られたら、アイーダのせいよ。後でメロンおごってよね」

「うん。ありがとう、ジャスミン」

ジャスミンは笑いながら二つね、と付け足した。文句を言いつつも、彼女は、ちゃんと頼みを聞いてくれる。カリーブの舞台直後、アイーダは混乱で一時的に踊れなくなった。宵の翠玉《すいぎょく》として名を馳せていたアイーダが踊れなくなることは、一座として大きな痛手だ。鈴木由美子としての記憶を持つ代わりに、この世界で生まれ育った記憶を失ったアイーダは一座を追い出されれば路頭に迷うことになる。そのときジャスミンは『女には、じっくり休む時間が必要なのよ。座長も女のお陰で儲かってんだから、そのくらいの世話はしなさいよ』と先頭にたってかばってくれたのだ。

この世界の慣習が恐ろしくて、震えているときも「男はあんなもんよォ。でも、嫌な奴は蹴っちゃっていいんだから。あんた、ちょっと前までは言い寄る男全員、洟《はな》も引っかけなかったのよ」

由美子の知らない、この世界で生まれ育ったアイーダの姿。ジャスミンに賛同して、サナ、タラーイエも色々と教えてくれて少しずつ状況を理解していった。そして休養後、アイーダは踊りを習い始めた。最初こそは、ぎこちなかったが、練習しているうちに踊り子として培ってきた舞踏技術が蘇り、宵の翠玉として返り咲くことが出来たのだ。

今日があるのも、ジャスミンのお陰だ。

途中、アイーダ目当ての男共に遭遇したもののジャスミンが虫除けとなり、無事部屋の前まで辿り着いた。しかし、ほっとしたのも一瞬だった。

「アイーダ」

ルトが兄のムグニィ、友人のナーゼルと共に部屋の前で待ち伏せていた。

「アイーダ、昨日はごめんっ!!　ちょっと飲み過ぎてて」

昨晩本性を現したルトは、必死に頭を下げる。ルトに対する恐怖でアイーダはジャスミンの後ろに隠れ、彼女の衣装をぎゅっと摑《つか》んだ。

「アイーダっ!!」

「しつっこいわねェ！　アイーダは疲れてんの。邪魔よ」

アイーダの様子を察したジャスミンが、啖呵《たんか》を切った。

「うるせえんだよ!!　どけよ、ブス!!」

「はぁッ!?　あんたこそ、お兄ちゃんとお友達連れてこないと踊り子一人落とせないんじゃないの！　この童貞!!」

「おれは、女なんか抱き慣れ……」

ルトは、我に返りうろたえる。ジャスミンは、髪に挿していた簪《かんざし》を抜き、威嚇した。

「どきなさいよ!!　あんたたちに用はないの!!」

場の空気が険悪になっていく。ジャスミンの衣装を更に強く握りしめ、アイーダは縮こまった。

「あっ、離してっ」

目の前のルトに気を取られているうちに、アイーダは背後からムグニィに腕を掴まれてしまった。

「ちょっ！　きゃあっ」

ジャスミンも隙をつかれ、簪をルトに取られてしまう。男三人に女二人では分が悪い。

（どうしようっ）

そう思った瞬間、意外な人物の声が耳に入ってきた。

「どうかなさいましたか」

「ファティ様っ」

ムグニィは、ばつの悪そうな声を上げた。この国の大臣であるファティは懐から丸めた羊皮紙を取り出し、静かに告げた。

「ムグニィ殿。野暮を申したくはございませんが、ルンマーン一座の方々は、家臣も同然。宮殿内はジンも見張っておりますゆえ、主の怒りに触れぬうちに、出国願います」

提示された羊皮紙を鷲摑《わしづか》み、ムグニィは瞠目《どうもく》した。シェラカンド王直筆の退去命令書に、一介の商人である彼らになす術はない。

「くそっ！　ひと月も粘ったってのに!!　この馬鹿が!!」

ムグニィは弟に向かって吐き捨てると、ナーゼルと共にルトを連れ、脱兎《だっと》の勢いで走り去っていった。

「大丈夫でしたか？　ジャスミン殿、アイーダ殿」

ファティは、順々に声をかけた。

「は、はい。ありがとうございました、ファティ様」

アイーダは、ほっとしつつ、頭を下げた。近くで会うのは、シェラカンドに入国した際の、ヘサーム王との謁見以来だ。宴の際も常に客の間を回り、土産物を渡したりしている。陶器のような白い肌に、麦の穂色に輝く髪と青い目が精錬さを醸しだしている。常に柔和な笑みを浮かべ、穏やかな口調を崩さない。へサーム王とは異なるその美しさは人形のようにも見える。

「昨晩も、我が主がご迷惑をおかけしたのではございませんか？」

的確な指摘にアイーダは心臓が跳ねる。

「どういうことですか？」

ジャスミンが、嬉々《きき》として尋ねる。こういう時の彼女は勘が鋭い。アイーダに気遣う視線を向けつつ、ファティはおずおずと口を開いた。

「今朝、主が不眠に効く薬と滋養のある食事、湯を入れた盥を用意させておりましたので、それとなく尋ねましたところ」

アイーダは、頭から湯気が出そうになりながら、足元の絨毯を凝視した。ファティはやはりという面持ちのまま、言葉尻を濁す。

「しかし、珍しいこともあると思ったのですよ」

「えっ？」

ファティの予期せぬ言葉に、アイーダは赤いままの顔を上げた。

「主は、気に入った女性をすぐに手籠めになさいますので」

(やっぱり、最低)

「まるで、あの詩のようだと思ったのですよ」

「詩、ですか？」

「はい。シェラカンド国に伝わる、古い歌がございます」

そう言うと、ファティは唱え始めた。

真にその果実を欲するのなら、その果実が手に落ちてくるまで木の下で待て
決して他の実を捥《も》ぎとるな
他《た》の者が別の果実を貪ろうとも捨て置け
垂涎《すいえん》しどんなに喉が渇き枯れようとも
待つ間、それを強奪せしめる者が現れたなら己のすべてを賭して守り抜け
果実が手元に堕ちてくるまで

どうやら、木になる果実と、それを食べたい人の詩らしい。ヘサーム王がこの詩のようとは、どういう意味だろうか。アイーダは曖昧な表情を浮かべながら首を傾げていた。

「果実は女性、木の下で待つ者は男性を意味します。他の者とは横恋慕をする輩のことで、真に愛する女性がいるならば自らのすべてを賭けて守り抜けという教えの詩なのです」

それを聞いて、アイーダは穴があったら入りたい気分だった。いや、砂漠だからそのまま埋まってしまったほうがきっと早い。

ファティは、微笑ましそうな表情を浮かべた。

「今夜はゆっくりとお休み下さい。では、失礼いたします」

ファティは一礼すると踵《きびす》を返した。

「なんだァ。あの馬鹿商人じゃないんなら、ヘサーム王としたかと思ったのに」

心底がっかりした様子で、ジャスミンは声を上げる。

「だから、ヘサーム王は貴族しか相手にしないのよ」

それはアイーダの願いでもあった。あんな人、こちらから願い下げだ。ヘサーム王と身体を重ねたいなんて思わない。貴族でない自分は眼中になくて結構だ。

「わっ」

後ろの髪を軽く引かれた感触にアイーダは身じろいだ。

「暴れないの」

何やらジャスミンが、髪を弄っている。言われた通りじっとしていると、細長いものが地肌を掠《かす》めた。

「よォし！」

ジャスミンが、一人満足げな声を出す。

「もう、動いて大丈夫？」

振り向くと、耳元でシャラ、と軽やかな金属音が鳴った。

「え？　あれ？」

後頭部を手探りすると、小さな花のようなものが触れた。驚きながら、ジャスミンを見た。

「あんたにあげるわ。飾りにも武器にもなるし便利よ」

「いいの？　舞台で使うんじゃ」

「いいわよ。カービド様に新しいの買ってもらうから」

ジャスミンは、手とスカートをひらひらさせながら、小走りに去っていった。

部屋に入り、姿見の前に行く。鏡の中には、髪に金色の小さな花を咲かせている自分が映る。ジャスミンに心の中で礼を言いながら、簪を鏡台にしまった。

（あっ、お湯もらうの忘れてた）

部屋に帰ることに必死で、化粧を落とさなくてはならないことを、すっかり忘れていた。あまり外に出たくはないけれど、今日はいつも以上に白粉を塗りたくっている。

早めに落とさないと肌への負担は大きい。『舞台が終わったら、ちゃんと化粧落とさないとだめよ。百年早く年取るからね』舞台化粧を教えてもらっていたとき、うっかり落とさずに寝てしまったら、ジャスミンから口を酸っぱくして言われた。

正直、寝不足もあるが今朝の肌の調子はかなり悪かった。しぶしぶアイーダは扉を開けた。

「アイーダ」

扉の外に、なんとルトが立っていた。アイーダは、あわてて扉を閉め鍵をかけた。

「アイーダっ！　アイーダっ!!」

なんてしつこい男なんだろうか。アイーダは、ひたすら無視を決め込んで布団に潜り込んだ。

「アイーダ、アイーダっ。話を聞いてくれ、アイーダ!!」

しかしルトは扉を叩《たた》きながら、懇願するような声で叫んでいる。掛け布団を頭から被って耳を塞ぐが、うるさくてしょうがない。不協和音にイライラが募る。

(うるさい――!!)

やかましさに耐えかね、アイーダはベッドのシーツをひも状に縛り、窓から降ろした。簡単に飛び降りられる高さではないため、慎重にシーツのひもを伝い、足場を探りながら裏庭に降り立った。日々踊りの鍛錬で柔軟にしなる身体が役に立った。

ルンマーン一座が滞在している部屋は裏庭に面しており、貴賓室のある場所とは距離がある。聖泉のある中庭とは反対に質素な造りをしていて、小さな噴水があるだけだ。絢爛《けんらん》な装飾を好む貴族たちが近づくことはまずないだろう。噴水の縁に腰を下ろす。この噴水の水も聖泉から引いているものだった。

(しばらくここにいよう)

耳障りなルトの声から解放され、伸びをする。夜風が心地いい。そして静かだ。噴水の流れる音だけが聞こえる。

(いくら男性に疎いからって、あんなのに騙《だま》されるなんて)

今思えば我ながら馬鹿すぎる。慣習に馴染《なじ》めないと話した自分に同意を示してくれる彼の言葉を信じてしまった。もっと注意しなければいけないとアイーダは肝に命じた。

そのとき何か呻き声が聞こえたような気がした。噴水の音と重なって、わずかにしか聞き取れない。声がしたと思われるほうに顔を向け、耳を澄ました。どうやら女性の声のようだ。とぎれとぎれの声を頼りに、アイーダは裏庭に面した廊下へ歩みを進めた。

普段、稽古と宴の舞台、食事以外はほとんど部屋にこもっているので、王宮内の間取りにはくわしくない。裏庭に足を踏み入れたのも初めてなら、当然そこから続く王宮の建物に入るのも初めてだ。大広間の床と同じ精緻な模様が彫られた荘厳な壁が続く。迷子になりそうな不安がちらついた。

壁沿いの部屋に耳を当て、ひとつひとつ確かめる。もしかして体調が悪い人がいるのかもしれないと必死で声の主を探した。

何枚目かの扉越しに確かに女の悲鳴が聞こえた。そこでようやく、男性経験ゼロのアイーダにも女が限界に達した悲鳴だと分かった。大あわてで逃げ出し、噴水の縁にひっしと縋《すが》りついた。無我夢中だと、思わぬ力が発揮されることもある。床を靴底で蹴って走っていたら元の場所に辿《たど》り着けた。

（恥ずかしすぎる）

身体中から火が出そうだ。

「子供がうろつく刻限ではないぞ」

嫌でも覚えてしまった威厳と自信に満ちた声が耳に入った。噴水の揺らぐ水面越しに鮮紅と青紫の瞳が映っている。身体が火照っているのか、シャルワールを穿いているだけで、上半身は裸だ。

逞《たくま》しく引き締まった鋼の体軀《たいく》に不覚にも釘付《くぎづ》けになってしまう。

（ヘサーム王って、こんなに筋肉ついているんだ）

これだけいかつい身体をしているということは、日頃から鍛錬を欠かさないのだろう。

「近頃の踊り子は、雇い主の私生活まで盗み見るのか？」

「ちっ、ちがっ」

試すような、からかいの声を否定しようと、アイーダが勢いよく振り向いた先に、固く盛り上がった広い胸板があった。

「……申し訳ありません」

虚をつかれたのもあったが、違わないかもと思い謝罪の言葉を口にした。

「くっ、誠に正直者だな」

そう言いながらヘサームは、アイーダの腰に片腕を回した。ぐっと腰を引き寄せられ、腹部が密着する。そのまま褐色の胸に顔がくっつきそうになり、寸前で頭を引いた。目のやり場に困り果て、逡巡《しゅんじゅん》しているうちに、ヘサームの手で顎をとらえられ目を合わせられる。

「子供がここで何をしている」

「へっ陛下こそっ、なにを？」

「愚問だな」

ふわりと甘い香りに包まれ、くらくらする。でも、それだけじゃなくて、昨日カービドの部屋から出てきたジャスミンについていたのと同じ情事後独特の匂いも織り混ざっている。

「なぜ部屋を出た」

「商人のルトが、部屋の扉を激しく打ち鳴らしてうるさくて」

「未練がましい輩のしそうなことだな」

息を吐き、ヘサームは嘲笑う。逃げ出そうとして身を捩ろうとすると、腰を抱える腕の力が強くなる。裸体の男性に触れさせるほど、男慣れはしていない。アイーダの両腕は無意味に宙を彷徨《さまよ》った。身体中が火照って耳まで熱くなっている。何かこの状況を紛らわせる話題はないかと必死で考えを巡らせる。そんなアイーダの反応すらヘサームは愉しんでいるようだった。

「あ、の。今朝はお食事とお薬をいただき、ありがとうございました。お陰様で無事今夜も踊ることが出来ました」

「くっ、正直者を通り越して、ただの馬鹿だな」

しゃくに障ったが、言い返す言葉を用意してなかった。

「今宵は昨夜よりも妖艶だったな。扇を手に舞うおまえは、水中で戯れる人魚のようだった」

(えっ、また褒められてる？　なんなんだろう、この人)

「何度も、私を見ていたな。いつもなら逃げ惑うように舞っているのに。少しは熟れたのか？」

指環が嵌められた親指が唇をなぞった。

「っ！」

(やっぱり、わざとだったんだ)

今朝の間接キスのことを思い出し、頭が沸騰する。恥ずかしさと悔しさで全身が震えた。ぎっ、と涙目で睨《にら》めば、愉快そうな声が返ってきた。

「なんだ？　おまえも私が欲しいのか」

「ちがっ！」

「今ここでも構わんぞ」

獲物を狙う目つきで、すべてを絡め取られる。

「違いますっ」

「物足りない。相手をしろ」

「そっ、そんな。無理です」

無意味な押し問答に必死で抵抗する間も、昂然《こうぜん》としたヘサームの顔が迫ってくる。

「くくくっ、まさに初心な生娘だ。今宵は戻れ、あの商人もあきらめた頃だ」

小さく笑う声に、細く目を開けると官能さを帯びた体温が離れていた。なぜか淋しく感じた。

「厚塗りの化粧は、おまえに似合わんな」

ヘサームは、蒼《あお》に染まる長い廊下の奥に消えた。


アイーダが部屋に戻ると、ヘサームの言葉通りルトの騒音は治まっていた。ほっとして気が付いた。化粧を落とす湯を厨房へもらいに行かなければならない。やっとゆっくり寝られると思っていたのに……。脱力していると、ランプの明かりに、盥《たらい》が照らされている。

(今朝の盥は、厨房に返したのに)

訝しく思いながら、アイーダは扉の左側にある棚に近づいた。盥には、湯が入っていた。

(まさか)

さっきのヘサーム王の言葉が、思い出される。部屋の空気に溶けていく、立ち上る湯気が答えのような気がした。

第三章　迫りくる開花　～真果と偽果～

「ルトって、似非《えせ》童貞だったんだあ～」

「やっぱり、アイーダのお相手は、ヘサーム陛下しかいないわね」

サナの、のっぺりとした口調とタラーイェの断定的な口調が微妙な気持ちにさせる。朝食のときからずっとこの話題だ。他の踊り子からもルトのことを根掘り葉掘り聞かれた。寝食を共にしているので一座は仕事仲間というよりも家族に近い。

逆を言えば、何かあるとすべてが筒抜けなのだ。アイーダが恨めしそうにジャスミンを見ると、本人は頭の中が花畑状態らしく声も弾んでいる。彼女の赤茶色の髪には、薔薇《ばら》をかたどった煌《きら》びやかな簪《かんざし》が飾られている。

「はぁ……」

思わず大きな溜息《ためいき》が出る。胸に居座る重々しい空気を吐きださなければ、身体が床に沈み込みそうだ。シェラカンドは昼と夜の気温差が激しい。王宮内は巨大な聖泉で冷やされた空気を循環させるように造られており過ごしやすくなってはいるが、ひと月前は身体がついていかず風邪気味にもなった。ちょうどそのときに逆戻りした気分だ。

少しの湿気もない、乾ききった空気。この重たい心を風に舞う砂ごと攫《さら》って行ってくれればいいのに。

鈴木由美子として過ごしていた頃、恋といえば幼稚園のときのままごとのような恋愛くらい。社会人になってからも、無縁に過ごしてきた。今回降りかかった出来事に、どう気持ちの整理を付ければいいのか、アイーダは途方に暮れていた。

ましてやこの世界は「愛情」なんて二の次だ。そんな淫風を嫌悪している彼女にとっては、かなり苦痛だった。

元々シェラカンド人の祖先は、砂漠を縄張りとしていた漂泊の民だった。食糧難や急な病で死ぬ者も多く、子孫を絶やさぬため一夫多妻制となったらしい。オアシスに根を下ろすようになってからも、古の慣習は、ただ肉欲を貪るだけの行為に姿を変えて残っている。

こんなことなら、せめて普通の恋愛くらいしておくんだった。

普通に仕事して。

普通に暮らして。

平穏無事に人生に幕が下ろせればいい。鈴木由美子は自分の人生をその程度にしか考えていなかった。

「あなた、宵の翠玉《すいぎょく》のアイーダよね」

不意に棘《とげ》のある声が降ってきて、顔を起こすとこの場には似つかわしくない華美な装束を身にまとった数名の女性たちがいた。金糸や銀糸の刺繍《ししゅう》が施された着衣は上等な布が贅沢《ぜいたく》に使われていて、本金の凝った細工の装飾品には真珠、翡翠《ひすい》など眩《まばゆ》いばかりの宝石が埋め込まれている。その恰《かっ》好《こう》と独特の尖《とが》った雰囲気は貴族令嬢だろう。

「は、はい」

踊り子を下に見るような物言い。嫌な予感を覚え、構えつつアイーダは立ち上がった。

「あなた、いつもそんなみすぼらしい恰好をしているのは、私たちへの当て付けなのかしら」

「は？」

「身体を隠して、殿方の欲情をかき立てようという魂胆かしら」

「そんなことありません」

「なら、どうして踊るときはあんなに淫らなのかしら。わざと欲望を煽るようなふるまいをしているんじゃなくて」

「違いますっ」

心当たりのない因縁《いんねん》に、何を言っても無駄な状況だ。宴の間じゅう、男たちの視線と一緒に、突き刺さる針のような視線。間近で向けられると、全身が蜂の巣のように穴だらけになりそうだ。掌には汗が滲《にじ》んで、ワンピースの裾を握りしめた。

「ヘサーム様が欲しいのかしら」

「舞台上から、いつも陛下の視線を独り占めして優越感にひたって、みっともない」

「はっ？」

むしろ恐怖で踊りに仕障をきたしている。どうして毎晩毎晩、睨《にら》まれなくてはならないのか。シェラカンドでの初舞台から、ずっとあの鮮やか過ぎる瞳に射抜かれて戦慄している。いい迷惑だ。しかし、煌びやかな女性の群れを相手に反論できる鼻っ柱の強さは持ち合わせていない。

「無知な踊り子には、何を言っても無駄ね」

貴族女たちの冷笑が撒《ま》き散らされる。黙ったままのアイーダを見て、話が通じないと判断したようだ。一方的に話を終えると女たちは風を切り去っていった。

「後宮予備軍たちの、宣戦布告ねェ」

花を飛ばしながら、ジャスミンが隣りにやってきた。

「ジャスミン、ルトのことみんなに話したの？」

「安心しなさいよォ。あの馬鹿商人兄弟とおまけは、今朝早く出て行ったたって、カービド様から聞いたわ」

ジャスミンは、咲き誇る薔薇《ばら》の飾りを見せつけながら、くるりと回った。

「高慢ちき女たちの鼻を明かしてやんなさいよォ」

「わたしは、ヘサーム王に興味なんてないから……」

周囲で勝手な憶測を膨らませないでほしい。実際、ヘサーム王と直接話すことはあっても、口づけ止まりで、それより先のことはない。踊り子をなりわいとしている以上、多少の騒がしさは否が応でも付きまとう。だが、貴族が絡むと色々と厄介だ。ましてや彼女たちの目当ては大国の王。巻き込まれたら最後、蟻地獄《ありじごく》に落ちたも同然だ。ルトたちともう顔を合わせなくてすむのには気が楽になったけれども。しばらくは、物見高い踊り子たちのからかいの種に使われそうだ。

「でも何かあったんでしょ。ファティ様が言ってたじゃない。果実がなんとかって」

「あれは、シェラカンドに伝わる詩だって、おっしゃっていただけでしょ」

この国にはそぐわない意味合いの詩だった。高貴な人間の、いち踊り子への関心なんて単なる暇潰しにしかすぎないのだ。そんなもの、さっさと尽きてしまえばいいのに。そう思うのに、なぜだろう。昨夜はあやふやだった感情が、自らの名前を主張する。裏庭でヘサーム王と会ってから、何かおかしい。きっと、非現実的な出来事が立て続けに起きて混乱しているせいだと思い、アイーダは稽古の続きに戻った。


「ジャスミンはどうしたんだいっ！」

昼食までいた仲間の姿が見当たらない。中庭に集まった踊り子の中に幸せ絶頂な顔をしていた彼女がいない。

「カービド様の部屋に入ってくの見た〜」

「なんで止めないんだ、サナ！」

「だって〜。練習だよって言っても、座長によろしくねって言われたんだもん」

相当カービドに入れ込んでいる。ジャスミンはこれまでも、何度か稽古をさぼることがあった。

「アイーダ、今夜はいつもよりも気張っておくれよ。ジャスミンが舞台をほったらかさんとも限らないからね」

飽きっぽい彼女は、これまでも大体二、三日もすれば稽古に戻ってきた。恐らく今回もそのうち戻ってくるだろうと思っていたが、七日経ってもジャスミンは顔を出さなかった。

手の中のジルを高らかに鳴らしながら、楽器の音に踊り子たちが床をつま先で飛び跳ねる。アイーダも今夜ひとりで舞う振付を身体に沁《し》み込ませていく。神事のごとく激しく舞い、手に持ったジルが律動を刻む。

鈴木由美《前》子の時と同じように仕事に没頭していればいい。そうすれば余計なことを考えずに済むのだから、他の道に進む度胸なんてないのだから。

(一番安全な今のまま)

静かな決意を胸に集中していると、端からシャアンッという音が鳴った。音のほうを見るとジャスミンがジルを落とし立ち尽くしている。

(ジャスミン?)

久しぶりに稽古に顔を出した彼女は、どことなく元気がないようだった。ジルは十八番《おはこ》なのに珍しい。

「ジャスミン、大丈夫?」

アイーダは駆け寄り、ジルを拾って手渡した。

「ううん。大丈夫、よッ」

ジャスミンは地に足が着かない素振りでジルを受け取ると、再び踊りだした。やっぱりおかしい。切れのある溌剌《はつらつ》とした動きが持ち味なのに、今の彼女は精彩さが欠け、心ここにあらずといった状態に見える。一抹の不安を覚えつつも、ジルを打ち鳴らす指先に全神経を集中させる。けたたましく鳴り響く金属音は、まるでこの後起きる事態を知らせる警鐘のようだった。

遥《はる》か頭上の天井を見上げ、アイーダは手に持ったジルを打ち鳴らし、全身を大きくうねらせ荒々しくも妖艶に舞った。舞台の大詰め。袖に退いていた踊り子たちが姿を現し、アイーダを中心に群舞する。観客の興奮も最高潮に達した。

耳を劈《つんざ》く金属音が旋律を切り裂き、空気が振動した。心臓に音が伝わった瞬間、音のほうへ顔を向けると、ジャスミンが両手に持ったジルを落としていた。貴賓たちの間をほくほくしながら渡り歩いていた座長も、皮袋を持ったまま真っ青になっている。観客たちの嘲笑がジャスミンへ注がれる。

『へたくそ』

『宵の翠玉が何やってんだ』

アイーダの脳裏に、恐怖でしゃがみ込んだかつての舞台が浮かぶ。華やいでいた宴を剣呑《けんのん》な雰囲気がおおい尽くす。

「なんじゃい、やかましい。心臓に悪いわい‼」

客席のジャービル王は、わざとらしく胸を撫でた。

「失敗したのか？　やはり旅の踊り子では、我らへの余興が務まるはずなかろう」

貴賓たちは、口々に罵り始めた。甲高い金属音にばくばくいう心臓を無視して、アイーダもジルを投げ捨てた。二度目の頭に響く金属音が吹き抜けの天井を貫く。大広間の一同を牽制すると、アイーダは両腕を大きく広げ悩ましい表情を浮かべながら、優美な身体をくねらせる。指先から、足先から、不穏な空気を浄化していく。息を呑《の》む妖艶な姿に、野次を飛ばしていた観客も口をつぐんだ。即興の舞を披露しながらアイーダはジャスミンの元に近づき、耳打ちした。

「ジャスミン、わたしの動きに合わせて」

「え？　うん」

放心状態のジャスミンを誘導し、二人で鏡合わせのように舞う。他の踊り子たちにも目配せし、群舞でのフォローを促した。楽師たちも機転を利かせ、アイーダとジャスミンを讃《たた》える旋律へと変化させる。二人は息の合った動きでジルを拾い上げた。剣呑さの残滓《ざんし》を払拭する金属音が高らかに響きわたった。

「一瞬心臓が止まったよ！　色事にかまけて稽古を怠けるからだよ、ジャスミン!!」

「いいじゃない。アイーダが上手くやってくれたんだから」

廊下で、今度は焼けた石炭みたいな顔をした座長が怒鳴る。

「少しはアイーダを見習うんだ」

「カリーブで、アイーダを追い出そうとしてたのは座長でしょォ!!」

ジャスミンは、そっぽを向き、口を尖らせている。

（まだ、心臓がばくばくしてる）

アイーダは汗を拭きながら胸に手を当てた。今日はジャスミンのことをごまかすのに必死で、へサーム王の視線を気にする余裕なんてなかった。でも、違う意味での緊張の汗が流れた。まさか本番でもジャスミンがジルを落とすなんて。舞台では、いつも何が起きるか分からないし失敗は許されない。ましてや今踊っているのは王宮の中。さすがに踊っているときは生きた心地がしなかった。

座長に反発していたジャスミンも給金を半分にすると言われると、大人しくなった。

　座長からお目付け役を命じられ、アイーダはジャスミンを部屋まで送り届けることになった。途中、やはりアイーダ目当ての男に絡まれたが、虫の居所が悪いジャスミンが吠《ほ》えまくって追い返していた。そのままジャスミンを一人で部屋に返すのも心配で、アイーダは自分の部屋に招き入れ、床に敷いた絨毯の上に向かい合って座った。

「ジャスミン、練習のときもおかしかったけれど、体調悪いの？」

　もし悪いのならちゃんと休んでもらいたい。ジャスミンにはたくさん助けてもらった。出来ることなら力になりたい。

「あたし、カービド様が好きなの」

「え？」

　ジャスミンの爆弾発言に、アイーダは固まった。この世界の女性らしく、ジャスミンも身体が欲するまま肉欲に溺れてきた。だが、そんな彼女が妻子ある貴族を、本気で好きになってしまったというのか。

「カービド様、いきなりつれなくなって。ちょっとしつこくないかって言うのよ。アイーダなら、分かってくれるわよね」

　身を乗り出し訴えるような目で、ジャスミンが迫ってきた。姿を見なかった数日間は、ずっとカービドの部屋にいたようだ。カービドは元々、主君の命で来訪した宰相だ。戯れのつもりで踊り子のジャスミンと関係を持ったのは火を見るよりも明らかだ。

「あ、相手に迷惑をかけないなら。ジャスミンの、気持ちの中だけなら」

アイーダは、愕然《がくぜん》とした状態から、つっかえつつも声にした。

「そんなんじゃだめなの！　あの人が欲しいの!!」

「だめよ。カービド様は奥様がいるんでしょ？　子供だって」

「どうして？　好きなんだもの!!」

「いくら誰と身体を許しあってもいい世界だからって、一方的に奪っていいものじゃ」

「いいじゃない!!　身体も心も奪ったってェッ!!」

駄々をこねる子供みたいにジャスミンは泣き叫ぶ。ジャスミンが欲しがっているのは、妾《めかけ》という男を分け合う女の一人のことじゃない。互いが唯一無二の存在になることだ。

「カービド様だって、一時の快楽が欲しくて関係を持ってるだけなんでしょう？」

「分かった口きかないでよ！　まだ処女のあんたに言われたくない!!」

「わたしのことは今関係ないでしょう、ジャスミン。いつも身体だけで十分だって言ってたのは、あなたよ」

「アイーダって時々変なこと言うわよね、行動も変だし。偉そうでも、昔のあんたのほうがましだったわよ。なんで、いっつも男から逃げてんのよ。服だってうっとうしいものばかり着て、頭がおかしくなったんじゃない？　あんたを見てるとイライラするのよ!!」

「わたし、には、ジャスミンのほうがおかしく見えるわ」

（わたしだって好きでこんな異世界にいるわけじゃない。こんな淫乱な世界）

ジャスミンの言葉に全身がわななく。

「自分は穢《けが》れてないって思ってるわけ!? きれいぶったって、ルトとヘサーム王に二股かけてたんじゃない!!」

「ちがっ!! あれは無理やりっ」

「どォだか!! どうせ、その身体で誘い込んで、襲われるように仕向けたんじゃないの。王侯貴族様たちがこぞって欲しがる宵の翠玉だもんね!!」

力任せに肩を押され、アイーダは床に手をついた。

「ジャスミン」

彼女の言葉に頭を殴られたような衝撃が走る。

「男共にちやほやされて、ヘサーム王たらしこんだからって、いい気になってんじゃないわよォッッ!!」

ジャスミンは嫉妬心をアイーダにぶつけ、そのまま部屋を出て行った。がんがんと金属で叩《たた》かれているような感覚が、頭の中で止まなかった。


翌日の早朝。戸惑いつつジャスミンの部屋の扉を叩いてみたが返事はない。鍵は開いていて中はもぬけの殻だった。

昨夜、ジャスミンが部屋を飛び出した後、隣から扉が閉まる音はしなかった。恐らくまたカービドの部屋に行ったのだ。後ろ髪を引かれつつも食堂へ向かう。私生活で何があろうと舞台の幕は上がるのだ。そのためにも食事は疎《おろそ》かには出来ない。

（ジャスミンの気持ちを、もっと聞いたほうがよかったの？　わたしの考えを押し付けすぎてたの？）

もやもやした気持ちをもてあましながら、アイーダは憎たらしいほど爽やかな朝の静けさの廊下を歩いた。

朝食の時間になり、食堂ではまかないが並ぶ。やはりそこにジャスミンの姿はない。座長に問い詰められ、アイーダは昨夜の件を話した。

「ジャスミンにも困ったもんだ。踊り子が前触れなく消えるのは珍しくないがねえ」

座長は腕を組みながら唸《うな》った。踊り子に言い寄る男は多い。客席から男共が踊り子を物色するように、踊り子も舞台上からお眼鏡にかなった男を選り好みしているのだ。

「あの、ジャスミンは」

「しばらく放っておけ。熱が冷めれば戻ってくるだろうし。ああ、そうそうアイーダ。おまえは心配ないだろうけど、くれぐれも男に心を渡すんじゃないよ！　身体だけにしとくんだよ」

「どちらも渡す予定ありません」

座長の話が終わり、自分の場所に腰を下ろした。他の踊り子たちからは、ジャスミンのことやヘサーム王のこと。すっかり忘れていたけど、本当のところルトとは何があったのかと聞かれた。聞こえないふりをしながら、アイーダはまかないを胃に押し込んだ。

「ああ、もう。みんな何やってんだ!!」

薄絹を手に、息の揃《そろ》わぬ歪《いびつ》な舞を披露する踊り子たち。座長は呆《あき》れと怒りを含んだ檄《げき》を飛ばす。

剣舞をするアイーダへの、橋渡しの舞は乱れ切っている。刃引きされてはいるが、他の小道具よりも重く、怪我をする確率は高い。激しい動きもないため、ごまかしがきかない。昨夜の失態を巻き返す秘策として、急遽《きゅうきょ》使用する小道具を変更する運びとなったが文字通り諸刃の剣になってしまったようだ。アイーダ含め、踊り子も楽師も全員がことさら緊張感に満ちていた。

太陽が地平線に沈んでも、ジャスミンが現れることはなかった。大広間奥の迫持柱の陰で群舞を見守りつつ、アイーダは後ろに続く廊下を振り返っていた。臙脂《えんじ》色の絨毯に、人影が落ちることはない。間奏へと入り、刻一刻と出番が迫る。

(今は踊ることに集中して)

祈るように胸に言い聞かせて、模造刀の柄を握りしめ、群舞の中をすり抜けながら、アイーダは舞い出た。いつも隣で踊っている人物がいないというのは、想像以上の違和感だった。一座の不協和音に腐《くた》された客からもあきれたような溜息《ためいき》が漏れる。

(なんとかしないと)

アイーダは大広間の幾何学模様の上に立つと、ゆっくりと鞘《さや》から抜いた刀を頭に乗せた。重心を保ちながら、白く長い腕を蛇のようにくねらせる。刀を乗せたまま波打つ肢体。見る者を誘う艶めかしい動きに、ようやく客席が沸き立つ。

「ほう。さすがは宵の翠玉ですな」

「品位の欠片もないわ。あんなの裸踊りじゃないの」

「あの身体はなんと甘美なことか」

苦痛な視線と猥言《わいげん》に奥歯を噛《か》みしめながら、アイーダは剣の握りと切っ先を持ち、頭上に掲げ、その場で回った。

『自分は穢れてないって思ってるわけ!?　きれいぶったって、ルトとヘサーム王に二股かけてたんじゃない!!』

『どうせ、その身体で誘い込んで、襲われるように仕向けたんじゃないの。王侯貴族様たちがこぞって欲しがる宵の翠玉だもんね!!』

「――――……っ！」

ジャスミンの言葉が頭の中を走る。目の前の光景が、走馬燈となり意識が真っ暗になっていく。

自分のしていることが、とてつもなく淫らに思えた。身体の前で剣の柄を持ち回転させる。

キタナイ　ヨゴレテル
瞬間、握っていた木製の柄が滑る。

手から剣が抜けた。

すぐに剣を手で追うが空を摑むばかりで掠めすらしない。アイーダは跳躍し手を伸ばすが、その身体は硬く冷たい床に叩きつけられた。乾いた音を立て、旋回する剣は金糸の絨毯に突き立てられ、事切れたように横たわった。

大広間は、水を打ったように静まり返る。

（もう、だめだ）

アイーダは、床に這《は》いつくばったまま絶望に目を瞑った。

「皆様、今宵の余興いかがでしたでしょうか。もしや、御身の元へ、剣が放たれたと肝を冷やしたかたもおられましょう。ルンマーン一座の舞姫、宵の翠玉による迫真の演技に拍手を」

大臣ファティの落ち着きを払った声が響いた。彼はアイーダを指し示し、彼女と客席の間に立っていた。貴賓たちは胡乱《うろん》気《げ》に顔を見合わせつつも、手を打ち始めた。

「よっ、余興じゃと？　今、この女はわし目がけて剣を投げたんだ！　わしを殺そうとしたんだ!!」

しゃがれた怒声が振動する。捲《ま》くし立てるのは、アイーダにしつこく付きまとっていたジャービル王だった。

「早くこの女を牢《ろう》に入れろ、わしが折檻《せっかん》してくれるわい!!」

言いがかりだ。模造刀だとはこの場にいる誰もが知っている。だが、旅の一座の踊り子と一国の王。どちらの肩を持つかは、明らかだ。ジャービル王が何を企んでいるかは考えるまでもない。

その瞬間、広間に濃い水蒸気が立ち込め、多数のジンが現れた。突然のジンの群れに客席が騒然とする。ジンは客には目もくれず、寸刻の間に料理を新しいものへと変えた。

「ふっ、ふざけるな!!　こんな、料理程度で済まされると……」

「ジャービル王」

ファティを罵る老王の声に、別の声が重なる。息巻いていたジャービル王は黙り込み、狼狽《ろうばい》した素振りで声のほうを見やった。寝椅子で静観の構えを見せていた人物が立ち上がる。顔を覆う青絹を取り去れば、烏羽玉《うばたま》の黒髪に鮮紅と青紫の瞳があらわになる。

ヘサーム王は鷹揚《おうよう》にジャービル王の元へ歩み寄った。自分よりも遥かに若い青年から放たれる威厳に、ジャービル王は唾を飲み込んだ。

「明日、是非とも交易の件でお話がしたい。これはそのための口汚し、お受け取りくださいますな」

「は。ま、誠に」

「この踊り子の処遇は、私に任せていただきたい。よろしいですな」

ヘサーム王はアイーダを一瞥《いちべつ》し、有無を言わさぬ笑みでジャービル王を押し切った。ファティはそうなることが分かっていたかのようにジャービル王を別席へ案内し手厚くもてなし始めた。他の客人たちも、今の騒ぎが嘘《うそ》のように宴に酔っている。

「アイーダ、こちらへ来い」

「はい」

ヘサーム王に言われ、立ち上がる。歩み寄るとそのまま腕を摑まれ、裏庭まで連れて行かれた。

「なんだ、さっきのざまは」

「申し訳ありません」

冷たい夜風が肌に突き刺さる。いつもなら心地良く感じる冷たさも、心身が恐怖で冷え切って痛みでしかない。

「宵の翠玉には、高い金を払っている。それに見合う務めが果たせない能無しは不要だ。おまけに今宵は一人足りなかったな。所詮、短慮な踊り子か」

「ジャスミンのことは関係ありません！　先ほどのことは全部わたしの過失です」

咄嗟《とっさ》にジャスミンをかばった。踊り子を軽んじる発言に無性に腹が立ったのだ。

「ならば、おまえが責めを負うかアイーダ」

名前を呼ばれ、どきっとなる。

「あっ」

腰に王の腕が回される。ヘサームの手が無遠慮にくびれを摑《つか》み、アイーダは狼狽《うろた》えた。

「やっ、おゆるしくださいっ」

押しても、びくともしない胸板に指先が震える。過日の夜とは違い、今は舞台衣装のせいで、身体の線が丸見えだ。

「未熟な果実を食すのも、また一興か」

「陛下は、なぜ、毎晩次から次へと女性を」

「ん？」

「お妃様を迎えられた後も、これまでと同じふるまいを、なされるのですか？」

苦し紛れに、これから自分の身に与えられることを想像し少しでも時間稼ぎをしようと、そんな言葉を口にしていた。

「本気で食したいとは思えんのでな。いつ落ちてくるともしれぬ果実を、永遠に待つ酔狂な真似は、私には出来ぬな」

「果実？」

ファティから聞かされたシェラカンドに伝わる詩が、脳裏をよぎった。

「私を欲しがる女共もそうだ。一時の快楽欲しさに枝を揺すり、自ら落ちる。枝から捥《も》ぎとられ、地に転がり、また拾われる。互いの欲求が一致しているだけのこと。その繰り返しだ」

「そんなっ。わたしには理解できませんっ。したくないです」

ひと口かじっては捨てられていく、その繰り返しなんて。理不尽さに身体が震えていくのを感じた。顎を掴まれ、腰を抱かれているため、目を合わせる他ない。二色の双眸《そうぼう》が月光で怪しい光を灯し、アイーダをとらえて離さない。悔しくて、せめてもの抵抗に睨みつけてやった。恐怖なのか、あるいは違う意味なのか。胸が苦しいほどに鼓動が速い。

(悔しい)

頬を伝った雫《しずく》が王の指を濡《ぬ》らす。

「私が恐ろしいか」

「……うっ」

答える代わりに小さな嗚咽《おえつ》が漏れた。ヘサームは口元で弧を描くと、アイーダの震える唇を当たり前のように奪い、熱い舌で乾いた口腔《こうこう》内を犯していく。

「んっ――!!」

ヘサームの香りが身体に侵入《はい》ってくる。舌を嬲《なぶ》られるたびに唾液が溢れ返り、極度の緊張と恐怖で張り付く喉へと落ちていく。絡めとられ擦り合わされる舌に身体の力が抜けていく。

「あっ」

上衣の間から褐色の指が滑り込んだ。

「んっ、んん」

アイーダは、くぐもった声を上げる。ヘサームはアイーダの反応をうかがうように、手の力を強めたりゆるめたりしながら、乳房を揉みつぶした。

「あ、やぁっ……っだめぇ」

ぎゅっぎゅっと乳房を握られるたびに声が上がってしまう。未体験の状況にアイーダはパニックになっていた。

「ひゃぁあっ」

今度は乳首を指でこねられ、アイーダは、おもわず高い声をあげた。ヘサームから与えられる刺激に頭が沸騰する。逃げたいのに、強い力に抗えずにいた。

「んっんん」

「少し弄っただけで、もう硬くなった。淫らな身体をしている」

「やっ……ち、が。ああっ！」

胸の先端を爪でひっかかれ、電流が走った。

「はっ……やぁっ」

自分でも驚くほど、声が甘いものへと変わる。

「こんなふくよかな乳房で、首ひもがよく切れぬものだな」

「っ」

ヘサームはアイーダのうなじへと手を伸ばした。

「あっ」

首ひもをほどかれ膨らみが零れ落ちた。

アイーダは腕で胸を隠そうとしたが、それは叶わなかった。

「なんで、こんなこと」

涙目になり、アイーダは抗議した。

「責めを負う覚悟があるのだろう？」

ヘサームはアイーダを噴水の縁に乗せると、膝立ちになった。アイーダの胸を揉みながら、片方の先端に吸いついた。

「あっ、やぁ」

(なに、これ)

胸元にヘサームの顔が埋まっている。ときおり唇からのぞく赤い舌がいやらしくて、背筋がぶるっと震えた。

「やぁっ……あぁっ」

乳首を包む、生温かい感触に痺れていく。怒りが湧くのに、口から出るのは濡れた喘ぎ声ばかり。

必死で逃げようと腰を捩ればいじわるな声が耳に注がれた。

「こんな中で水浴びをすれば、風邪をひくぞ」

そう言われ、アイーダは背後で響く水音に気付いた。大人しくしていなければ、背中から噴水に落ちてしまう。シェラカンドの夜は寒い。悔しさを滲ませながら、アイーダはヘサームに与えられる仕打ちに耐えるしかなかった。

片胸を弄んでいた手が下りていって、腹部を辿る。そしてそのままスカートの裂け目から潜り込み、太ももを撫であげていく。

「あ――あぁっ」

ヘサームの手が下衣の中へと入った。

「あっ、ああああっ！」

足の間に、ヘサームの指が触れている。

「……いやぁっ。そんな、と……こ、さわ、らないでぇ」

指が花芽を弄るたびに、今まで感じたことのないものがぞくぞくと腰へとのぼった。

「はっ、ああ」

あごを反らし、アイーダは悶えた。

「もっと責めて欲しそうだ。よく膨らんでいる」

アイーダの顔に、かあっと熱が集まる。

「やっ……やめて、もぉゆるして」

しかし、アイーダの願いを無視して、武骨な指は陰芽の下にある花びらを弄り、何度も割れ目をなぞった。足を閉じようとしても、小刻みに震えて力が入らない。

「少し触っただけで、これか」

あきれたような声が胸に刺さる。ヘサームの指が閉じたままの陰唇を無理やりこじあけ、蜜壺の入口を探った。

「いっ、痛い！」

膣口に鋭い痛みが走る。アイーダはお腹の底から何かが突き上げるような感覚に怖くなった。

「本当に、無垢なんだな」

指を動かしながら、ヘサームが呟いた。

「ううっ……、ああう」

くちゅ、ぬちゅと粘りけのある水音が立つたびに、膣襞がヘサームの指に引きずられる。

悪寒が背筋に走って、アイーダは目を瞑った。柔肉が引っ張られたり、戻されたりするのを繰り返し、ようやく指が引き抜かれた。

やっと終わったと思った瞬間、ヘサームがスカートと下衣に手をかけた。

「やっ、やだ」

夜風があたり、濡れた中心がひやりとする。

（ヘサーム王に、裸を見せることになるなんて）

「いい眺めだ」

勝ち誇るような言葉が気持ちを逆撫でする。みじめさにアイーダは、顔をそむけた。

「あぁっ！」

終わったはずの膣への愛撫が再開された。胸だけではなく、下半身を弄られる光景まで見せられて、アイーダは感情が爆発しそうになっていた。さっきまでは、入口付近にいたヘサームの指がどんどん奥へと入ってくる。

「い、いや。もう、やめて」

痛みはまだあったが、徐々に違う感覚が膣内に生まれていた。ヘサームはアイーダに聞かせるように、ぐちゃぐちゃと指でかき混ぜながら、親指でぷくりと膨らんだ肉芽を押しつぶした。

「あっ、あああっ……」

乱暴に押されるたびに信じられないくらいのかん高い声が出てしまう。しかも、先ほど感じた悪寒みたいなものが、弄られるたびに強くなっていく。何かが膨れ上がって、でも、出口がなくて下腹部に溜まっていく。苦しくて、アイーダは涙を零した。

「ひぐっ」

ある場所を引っかかれた瞬間、ビリっと強い電気が走る感じがして身体が跳ねた。

「おまえは、ここが好きか」

にやりとしたヘサームが顔を覗き込んでくる。ヘサームは愉快そうにいうと、そこを執拗に蹂躙しはじめた。アイーダが声を上げるたびに蜜壺に埋められた中指が強く引っかいた。

「ああっ、……ああっ……はうっ」

溜まっていた何かが、どんどん膨らんでいく。指でそこを攻められるたびに、感覚は加速していく。でも、さっきまで弄られていたもどかしさとは違う。

——触ってほしいところを、触られた感じがした。

(わたし、どうしちゃったの？)

頭では嫌だと思っているのに、身体はもっともっととねだる。

ヘサームは、アイーダの様子を見て口元に弧を描くと、指を引き抜いた。膣口から透明な糸が引く。

「あっ……」

膣内がきゅうっと縮む。拷問のような時間が終わり、ほっとしたはずなのに、なぜか虚しさがあった。物足りないと言ったほうが正しいだろう。不思議なくらい気持ちが萎れていくのがわかった。

「これが、おまえの蜜だ」

蜜まみれの指を見せつけられて、アイーダは恥ずかしくなった。そして、次の光景に目を見開いた。ヘサームが濡れた指をくわえたのだ。

「なっ、なにして……んうう」

その唇でまた唇をふさがれる。

(下手に抵抗しないで流されてしまえば、この異常な世界でも楽に生きられるの？)

靄《もや》に覆われていく思考とは裏腹に、口づけは深く激しさを増していく。アイーダのすべては、ヘサーム王に犯され、自立を失っていく。

「んっ、ふ……ぅっ」

抗うことを諦め始めた意識の片隅に鈴木由美子の意識が顔を出す。いつもまわりから言われるまま、ただひたすら受け身で過ごしてきた。それで平和だったから不満はなかった。ただ。

『本当にそれでいいの――？』

由美子の声が、胸中に響く――。

(これで、いいの？)

瞼《まぶた》を痙攣《けいれん》させながら開くと、自分の唇を好き放題に貪り愉しむ男の顔があった。

(わたしは、都合のいい道具じゃない)

男の顔が、昔の自分をいいように使っていた人たちと重なる――。

蹂躙《じゅうりん》されたプライドが頭をもたげ、右手を動かした。夜風に乾いた音が鳴った。

「はぁっ、はぁっ」

不意の平手打ちに、ヘサーム王の拘束が解かれる。頬を強く叩いた直後、さすがに王を叩いたのはまずかったのではないかと思った。

「ふっ、くははっ。初心な生娘を相手にしたのも初めてだが、私に平手打ちした女も初めてだ。くくっ、しかも二度もな」

「毎晩、毎晩。どうして宴を？　税金の無駄遣いじゃないんですか？」

平手打ちを喰《く》らった頬を気にも留めず王は続ける。

「おまえが口を出すことではない。おまえは、ただ客を悦ばせる舞を披露していればいい」

「わたしは、あなたみたいな王様は嫌いよ」

「私もおまえのような、粗暴な女は願い下げだ。たかが接吻《せっぷん》程度で」

「あなたが今まで抱いてきた女性たちと、一緒にしないで」

数日前の怒りが再びふつふつと浮き上がってきて、今感じている怒りを大きくしていく。

(わたしにとっては、接吻程度なんかじゃないのに)

「マリッドに、送り届けさせるまでもなかったか」

ヘサームは軽く窘《たしな》めるように呟《つぶや》いた。

「マリッド？」

「おまえが、初めて私に平手を喰らわせた晩、部屋まで送りとどけた奴だ」

腰を抜かしたおまえの記憶にはないか、と思い出したようにヘサームが付け足した。そういえば、そうだ。次の日の朝、どうやって部屋に戻ったのか覚えていなかった。気が付いたら寝台の上に体を横たえていた。

「それも、ジンなの？」

「……おまえは、濡れ事以外も無垢《むく》なのか？」

今度は、あきれ果てた表情を返された。

「ここに来て初めて見たから。わたしの生まれたところには、いなかったから」

アイーダは、頬を朱に染めながら答えた。カリーブの舞台より以前のアイーダだった頃には、もしかしたら見たことがあったのかもしれない。けれど、今のアイーダにとっては、見聞きすることすべてが真新しい。

「珍妙だな」

「っ」

不意に、髪を掬われる。アイーダはヘサームの予期せぬ動作にうつむいた。また無体を働かれると思い、身体を強張らせていると、驚くほど優しい指先で髪を梳《くしけず》られた。

「どうやら棘《とげ》を隠し持っていたらしいな」

ヘサームは、意味深に笑みを浮かべた。アイーダの柔らかな髪に何度か指を通すと、羽織の裾を翻し去っていった。アイーダは力が抜けて、へたりとその場に座り込んだ。

(なんなの、あの人)

胸に手を当てると、舞台での失態に対する懺悔《ざんげ》とも、責めを負わされることへの恐怖とも違う高鳴りがあった。

第四章 咲き乱れし花は

　昨晩のこともあり、宴での一座の余興はしばらく中止になった。舞台がないとはいえ、稽古をしなくてもいい、ということにはならないのでは、とアイーダは思った。

　せわしない呼吸と、床を蹴る音だけが狭い部屋に響く。一つに束ねた髪もばらばらと振り乱れ、肢体が躍動するたびに、汗の粒が飛ぶ。アイーダが自分の部屋で踊り始めて、かれこれ半時は経っている。じっとしていると嫌なことばかりを考えてしまうからだ。ジャスミンとは、あれ以来すれ違うこともない。昨夜は自分の失態で、一座に迷惑をかけてしまった。舞台外で起きたことを客の前で出してはいけない。自らを奮い立たせ、体を翻し挑発的に手首を返す。瞬間、頭に浮かんだのは、口づけのときのヘサームの顔だった。貪られた唇の生々しい感触がぶり返す。

「……っ」

（あの人のことなんか、考えてる暇はないのに）

　なんだか、情けない。ヘサームにとっては、キスは本当に些細《ささい》なことで、いちいち自分と唇を重ねたことなんて思い出したりしないんだろう。気にしている自分が馬鹿みたいだ。気を取り直し、アイーダは踊り始めのポーズをとった。

「アイーダ、巨大水路に行こ～」

　突然扉が開き、サナとタラーイェが入ってきた。

「真面目なあなたのことだから、ここにいるんじゃないかと。思った通りね」

タラーイェはあきれた様子で、アイーダに木綿布を差し出した。

「巨大水路？」

「シェラカンドの名物だよ。せっかくの休みなんだから」

汗を拭うアイーダの腕にサナがしがみ付き、ぐいぐい引っ張っていく。

「え、で、でも……っ」

「アイーダ、あなた一人で責任を感じることはないのよ。むしろ休みが出来て全員喜んで町に繰り出しているわ。戦々恐々としているのは、座長だけよ」

「早く早く。シェラカンドは市場もすごいんだからあ〜」

「わ……っ、ちょっ」

興奮したサナの力は、かなり強い。つむじの見える背丈のサナに、アイーダは部屋の外へと引きずられた。

「まかないも出されないのに稽古なんて。あなた餓死でもする気？」

アイーダの後ろでタラーイェが、さりげなく黒のローブを手に取り鍵を閉めた。

通用門から出ると、中庭から見上げていたのと同じ青い空が広がっている。

「はあ〜、たまには命の洗濯しなきゃ、ってやつだよね」

「そうよ。束の間の休息を堪能しましょ」

宴は毎晩行われるため、食事と睡眠以外の時間は、ほとんど稽古に費やしているが、他の踊り子は、暇を見つけては、頻繁に街へと出かけていた。

「アイーダは、街へ行くのは初めてかしら」

「うん」

食事と稽古、宴での舞台以外は部屋に引きこもっていたため、王宮の外に出るのは、シェラカンドに入国して以来だ。

「ほらほら、アイーダ。王宮ってあんな高いとこに、あるんだよ」

「小高い丘に建っている感じでしょう」

サナが振り向き、手を額にかざすと、タラーイェも視線を上にやった。アイーダもつられて、後方にそびえる巨大な円蓋屋根をした青と白の宮殿を仰いだ。誘ってくれた二人には申し訳ないが、正直あまり気が乗らなかった。毎晩毎晩、要人相手に催される豪奢な宴に、貴族女性たちとの一夜限りの閨事《ねやごと》。到底、ヘサーム王がまともな政《まつりごと》をしているとは思えなかったからだ。微妙な感情を携えつつ、アイーダは、二人と共に、街へと歩いていった。

サナの希望もあり、三人は巨大水路の見学の列に並んだ。入り口で、それぞれランプを受け取り、先達に続いて長い階段を下り、光の届かない地中へと足を踏み入れた。

「まっくら〜」

「地下にあるんだから当たり前でしょう。そんなにひっつかないで、歩きづらいわ」

前を歩くサナとタラーイェの声が洞窟内に響く。暗闇が苦手なサナはタラーイェにしがみつきっぱなしだった。

（わたしも、ちょっと怖いけど）

地底のさらに奥深へと続いているかのような道の内側は、石でしっかり固められて、足音だけが反響する。壁の両側には等間隔にランプが備え付けられているが、逆に不気味さを増長していて何かが出てきそうだ。

「そろそろ見えてきますよ」

先達の声に前方に意識を向ける。

滝のような大量の水が落ちる大きな音が聞こえてきた。いや、聞こえてくるというよりも、全身が包まれる感じだ。

「こちらが巨大水路です」

視界が開け、目の前に巨大な滝の壁が姿を現す。

「でっか〜」

「サナ、耳元で大きい声出さないでちょうだい。すごい迫力ね」

「わあ」

大きすぎて滝の落ち口は判別出来ない。天井全部が滝になっているみたいだ。凄まじい落下音を轟《とどろ》かせ、激しい水煙が立たっている。滝から距離はあるものの、露台に歩み寄ると大量の水飛沫《みずしぶき》が頭上に降り注いだ。

「うわあ〜、冷たい〜。うえっくしゅ」

「もう。汚いわね。あぁ、アイーダみたいに何か羽織って来たほうがよかったわね」

「くしゅっ。ううん、びしょ濡《ぬ》れだからよけいに寒いわ」

「王宮内より湧き出る聖泉の水を浄化し、この水路から国中に送り出しています。シェラカンドの豊かな資源は、この水脈によって支えられているのです」

心臓まで貫く音。怖いくらいに。けれど、なんだか生命の息吹を感じるような……。

自分の身体よりも遥《はる》かに巨大な存在の中に飲み込まれて、アイーダは、すべてが洗い流された気がした。


「すごい活気」

巨大水路を後にし、サナ、タラーイェと共に市場へと足を運んだ。全身びしょ濡れになったものの、歩く間に衣はすっかり乾いていた。

「いらっしゃい、いらっしゃい。シェラカンド名産の甘い甘い西瓜《すいか》だよ」

「シェラカンドの特産、王宮御用達の羊肉はいかがですか」

天幕が張られた屋台を想像していたが、白壁の回廊が続いている。ちょうど、朝市の刻限らしく、威勢のいい呼び込みの応酬が耳に飛び込んでくる。初めての市場と、祭りのような賑《にぎ》わいにアイーダは面食らっていた。はぐれないように、二人の後を必死に追いかけた。

「ジャービル王様も認めた葡萄《ぶどう》酒だ。これを飲まなければ、遥々《はるばる》砂漠を越えてシェラカンドに来たかいがないってもんだ」

客寄せの謳い文句は、どこでも少しおおげさなものだ。

（他国の王様の名前を勝手に使ったりして大丈夫なのかな？）

そんなことを考えながら、アイーダは通りすがりの店先へと目を走らせた。野菜に果物、肉や魚、牛の乳や乾酪、卵など、豊富な食材が所狭しと並んでいる。

（美味しそう。王宮にいるんじゃなければ、お魚買っていくのに）

アイーダは、生簀《いけす》で泳ぐ魚を覗《のぞ》き込んだ。旅籠《ハン》なら外で落ちている石を重ね、簡易式の石釜をつくって、焼き魚にしているところだ。

「アイーダ〜」

サナの声に振り返ると、口に冷たく瑞々しいものが押し込まれた。驚きつつ、咀嚼《そしゃく》すると口の中いっぱいに甘い果汁があふれ出した。

「美味しいでしょ、このメロン」

すぐに返事が出来なくて、口の中の柔らかい果肉をもてあましながら、頷《うなず》いた。

（まかないに出されたメロンみたいな味がする）

鮮度がいいから、そう感じるだけだろうか。喉へと消えていく果実の甘さに思案していると。

「ちょっと見てあの娘《こ》！　あんな恰好《かっこう》しちゃって嫌ぁね」

「まぁ信じられないわ！　あんなみっともない恰好」

足を踏まれそうな人波の中から、女性たちの忍び声が耳に入った。アイーダが横目で確認すると、地元の者らしき女性三人組が、訝《いぶか》しげな表情をこちらに向けている。

「何かしら、あの襤褸布《ぼろぬの》をかぶった子！」

踊り子の衣装と近い恰好をした女性たちは、全身を覆い隠したアイーダの姿がいけ好かぬ様子だ。確かに気温も高く、露出が多くなるのも当たり前だが、砂漠地帯の日差しは異様に強い。ローブのフードの間から射し込む少量の光にも、肌がじりじりとしている。アイーダ以外にも外套や羽織を着ている者もいるが、恐らく観光客だろう。遥か昔より、この過酷な自然と共に生きてきたシェラカンドの民は、肌が強いらしい。古《いにしえ》からの慣習により、異性を誘惑する目的もありそうだが。サナとタラーイェの私服も、舞台衣装ほどではないが、胸元と腰から下以外は肌色が見えている。自分には永遠に無理だと、アイーダは隣りにいる対照的な二人を見て思った。

「ん〜、おいしい〜」

「サナ。もう少し静かに食べなさい。王宮のまかないも絶品だけれど、旅先での地元の味もまた格別だわ」

市場からほど近い大衆食堂に入り朝食を摂った。サナは香辛料がふんだんに使われた大盛の米料理をがっつきながら酒を煽《あお》り、タラーイェは上品に羊肉の串焼きを口元へ運んでいた。水路で暗い気持ちを洗い流したはずなのにジャスミンのことと昨夜の失敗を反芻《はんすう》してしまい、アイーダの心は晴れない。

「アイーダ、美味しい料理は早く身体に入れて自分の糧にしましょう」

「うん」

タラーイェに促され、魚を挟んだパンをかじった。

「……美味しい」

身がふっくらとしていて脂がのっている。レモンの爽やかな酸味が絶妙だ。食欲が湧き、アイーダはパンを頬張った。食べ進めるうちに先刻と同じ疑問が浮かんだ。

(この魚も、まかないで食べた魚と同じ味がする)

宴の料理にも魚は使われている。余った料理や食材はまかないへと回されるため、踊り子たちも貴賓たちと同じものを口にしている。アイーダは、ひと月の間に宮廷料理の味が、舌に沁み込んでいた。調理法は根本的に異なるが庶人向けの店なのに、素材自体の味がまかないのそれと同じレベルに感じる。

「そいえばさ〜、アイーダ。ジャスミンと、まだ口利いてないの？」

首を傾げながら咀嚼《そしゃく》していると、サナが話を振ってきた。

「うん」

「取りつく島もない状態よね」

「ジャスミンは思い込んだら一直線だもんね」

「いつものことかと思ったけれど、今回は重症ね。相手は既婚者貴族。いくらでも身体を重ねたって、心は指先に触れることすらないわ」

「身体だけにしとけばいいの〜。心も〜、なんて。木の下で待ちぼうけの詩じゃあるまいし」

「もしかして、シェラカンドに伝わる詩のこと？」

「ええ。ジャスミンが言ってたわ。アイーダとヘサーム陛下はファティ様がお認めになる仲だとか」

「そ、そんなことないからっ」

「もしへサーム陛下に捥《も》ぎとられていたら、もっと取り乱しているわよね」

タラーイェは、何でもお見通しと微笑む。ファティから聞いた古の詩。昨夜のへサームが言っていた言葉も、きっとこのことを指しているし、ジャスミンがカービドに求めているのも、この詩と同じことなんだろう。でも、自分を相手にした後、押しかけてきた妻を容易《たやす》く抱く人が真剣な思いに応えてくれるとは思えない。

真にその果実を欲するのなら、その果実が手に落ちてくるまで木の下で待て
決して他の実を捥《も》ぎとるな
他の者が別の果実を貪ろうとも捨て置け
垂涎《すいえん》しどんなに喉が渇き枯れようとも
待つ間、それを強奪せしめる者が現れたなら己のすべてを賭して守り抜け
果実が手元に堕ちてくるまで

「味見しないと、分かんないもんね〜」

サナは猫みたいに寝転がり、そのままタラーイェの膝上で爆睡し始めてしまった。

「どうしようもないわね。明日も舞台がないからってゆるみすぎよ」

溜息《ためいき》をつきながら、サナに膝を貸しているタラーイェは、甘える妹を慰める姉のようだ。

「この子は私が連れて帰るからいいわよ」

留まろうとするアイーダにタラーイェが進言する。

「でも」

「もう少し外の空気を吸ってきなさい。その恰好なら、近づく輩はいないでしょうし。ジャスミンのことも舞台のことも必要以上に気に病むのはよしなさい」

優雅な指が前髪を滑る。

「ありがとう、タラーイェ」

頭を撫《な》でられ、少しだけ泣きそうになった。


食堂を後にし、アイーダは街中を散策する。太陽がやや傾き始め、日差しが朝よりも強くなった。近くにある木陰に移動し、休息を取る。

(あの人のことだから、政には無関心かと思ったのに)

朝市の刻限はとっくに過ぎているが、賑わいは衰えを見せない。初めてシェラカンドに来たときは、とてつもない大国だと聞いて、緊張のあまり王宮へ向かう一座について歩くことだけで必死だった。こうして歩いていると改めて、強く実感する。王宮内の空気とは違い、ここは穏やかな空気が流れている。人々の表情は明るく潑剌《はつらつ》としていて、路地裏を見ても乞食の姿は一人もない。

(いや、でも。もしかしてファティ様に全部任せっきりだったりして)

昨晩も自分の失態をかばってくれた大臣。物腰も柔らかく、紳士的で頼りになるという印象だ。ヘサーム王からの信任も厚いのだろう。主の女癖には、難色を示すところも好感が持てた。ファティだって女性にモテそうだが、踊り子仲間からも彼の浮いた噂は聞かない。お役目第一な誠実さは、この世界では好まれないのだろうか。そよぐ風に佇《たたず》んでいると、足元がおぼつかぬ男性が、照り返しの地面に倒れた。

「大丈夫ですかっ？」

アイーダは、慌てて駆け寄った。男性の息は荒く頬がこけている。外套は埃《ほこり》っぽく、あちこち破れている。

「誰か、医師をっ」

アイーダが、辺りに向けて声を発すると、数人の役人と思しき男たちが走ってきた。

「待ってください、この人は今ここで倒れて」

牢屋《ろうや》にでも連れて行くのかと思い、アイーダは男たちを警戒した。

「案ずるな。すぐ療養所へ運ぶ。水だ、飲めるか？」

男の一人が、男性を支えながら水瓶を口元に差し出す。

「……こ、こは、シェ……ラ、カンド？」

男性は、水を飲むと縋《すが》るように枯れた声で尋ねた。

「ああ。もう大丈夫だぞ」

男たちは、目尻に涙を浮かべる男性を担架に乗せ、素早く去っていった。

「あ、あの。今の人たちは」

思わぬ事態にアイーダは近くにいた一人の女性に話しかけた。

「王宮のお役人さ。砂漠越えした人間がいるって聞くと、すぐやって来て療養所に連れていくんだよ」

「砂漠を越えて来るかたは、多いんですか？」

「あたしは昔っからここに住んでて外の国のことは、よく知らないけどね。なんでも、この国の砂漠の外にある海の近くは物凄い嵐がばんばん来るって話だよ。さっきの人もその辺りから来たんじゃないんかねぇ。砂漠さえ越えられりゃあ、ここでは嵐の心配をせずに暮らせるからねえ。みんなヘサーム王様のお陰さ」

しみじみ言う女性に、アイーダは驚愕《きょうがく》せざるを得なかった。


頭の中がぐるぐるとしてきた。アイーダにとって、ヘサーム王は淫乱な暴君でしかなかった。しかし、今そのことがひっくり返されそうになっている。さっきの女性の口振りから、シェラカンドを目指して砂漠を越えて来る人間は多いらしい。

（そういう人を無条件で受け入れているってこと？　役人を遣わしてまで）

もしそうなら、彼は立派な君主である。思いあぐねていると、舞踏用の小道具が並べられた店が目に入った。長い薄絹が付いた扇が目に留まる。

（きれい）

手に取り振ってみると長くあしらわれた薄絹がふわり宙を舞う。青から黄色の濃淡が施され、夜から朝へと移り変わる瞬間を切り取ったような色だ。翻《ひるがえ》る色に心を奪われていると、不意にローブを引っ張られた。

「そこの変人女さん」

しかも、妙な呼び名付きだ。振り向くが、誰もいない。

「どこに目をつけてるのよ」

視線を下ろすと十二歳くらいの女の子が、こちらを見上げているではないか。にっこりと満面の笑みで。

「わたしに、何かご用？」

アイーダは、屈んで目線を合わせる。

「決まってるわよ！　ヘサーム王様を誘惑する踊りを教えて」

「はい？」

「だって、踊り子なんでしょ」

「そ、そうだけど」

こんな小さな女の子から、まさかそんな頼みを聞くとは思わなかった。

「本当は、いい身体してるんでしょ？　そんなダサイ布なんか脱いでよ」

「こっ、これは無理！　わたしは肌が弱いから」

「えー？　だったらせめて絹布を羽織るくらいにしてよ。そんなんじゃジンみたいで薄気味悪い」

「ジンを見たことあるの？」

「実物はないけど、絵本で見たわ。なんであんなのがイケメンのヘサーム王の家来なのよ」

女の子は腕組みしながら文句を言う。言われてみれば、ヘサーム王は、どうしてあんな恐ろしいジンを操れるのだろうか。

（マリッドも、ジンなのよね）

呼び方が違う、ということは特別なジンなのか。

「えいっ!!」

「え、わっ」

そんなことを考えていたら、ローブの裾が眼前に持ち上がった。ワンピースごとめくられて、乾いた空気がお腹にも当たった。

「ふぇーっ!! 思ってたよりも胸大きい。どうやったら、こんなに大きくなるの？」

女の子はアイーダの身体を、べたべた触りながら目を輝かせて矢継ぎ早に聞いてくる。

「ち、ちょっ。踊りの練習したいんでしょう？」

「うん、ヘサーム王を落とすための」

「あなたは、まだそこまでする必要はないんじゃ」

「母様が『女の子は生まれたときから、すでに素敵な殿方を得るための戦が始まってるのよ。女を磨いて磨いて磨きまくりなさい。人生の勝者になるために、世の中の勝者になるために』って」

このくらいがっついていたら、昔の自分も少しは違ったのかもしれないとアイーダは密かに頭の隅で思った。

「すごい！　いやらしい動き」

「もう、真面目にやって」

「真面目にやってるもん！　ヘサーム王を落とすんだから」

何とかごまかそうと思って、言い訳を続けていたが、女の子の押しの強さに根負けし、店の先にある広場で基本的な舞踏の動きを教えていた。

（あんな人の、どこがいいんだろう）

何を考えているのか全然分からないし、威圧感はものすごいし、とにかく怖い。でも好みではないけれど、見た目はハンサムで上背があって身体も逞《たくま》しい。それに男性としてのふるまいは肯定出来ないが、王様としては、ちゃんとしているのかもしれない……。

「変人女さん、ちゃんと見てよ。こうでしょ」

「あ、ごめんね。うん、きれいに回れているわ」

いつも仲間から言われていることを、初対面の女の子にまで説教され複雑な気分だ。女の子は、教えた振り付けを一心不乱に練習している。ジャスミンに一から踊りを教えてもらっていた頃が懐かしくなった。

「陛下のどんなところが好きなの？」

あんなに強引で偉そうで怖いのに。小さい頃、自分も無条件に絵本の王子様にあこがれたのと、似たようなものなのだろうか。

「だって美形なんだもん。夜もすごいって聞いたし」

（シェラカンドの女の子って、早熟すぎじゃないの）

夜もすごいって、誰がそんなことを教えたのか。

「それに、剣術を教えてくれたとき、転んで怪我したらすぐ手当してくれて。笑って頭を撫でてくれたの」

「……陛下が、直接剣術を教えてるの？」

アイーダは、少女から聞かされた事実に、すぐには言葉が出てこなかった。

「うん。老若男女問わず自分の身は自分で守れるほうがいいって。時々来てくれるの」

「お父さんお母さんは、陛下のこと何か言ってる？」

「父さまも母さまも名君だって言ってるわよ。瓦版にもヘサーム王は名君だって書いてあるし。税金も安くはないけど、ちゃんと皆のために使ってて。王宮での宴会は自分のお金しか使ってないって。あと宴会のお料理には、この国で採れたものだけ使ってるんだって。この国で採れたものを食べさせて、美味しいって分からせて、たくさん貿易に使うんだって。王宮で使われると名物になってみんなが儲《もう》けられるからって」

朝市での呼び込み文句。

王宮のまかないと味の水準が同じメロンと魚。

（国民も王族も、同じものを食べているの？）

「明日ね、学校が終わったら、また剣術を教えに来てくれるの。大きい鷹《たか》も見せてくれるって」

女の子と別れて、アイーダが帰り道を歩いていると、夜の市場の準備が始まっていた。

翌日、少し日が陰り始めた時間。アイーダは、昨日の女の子と会った舞踏用小道具店の前へと来ていた。あのヘサーム王が、子供に剣術を教えているなんて俄《にわ》かには信じ難い。

正直、彼がどこで何をしていようが、踊り子の自分には関わりのないことだ。でも、真相を確かめなければ。いや、確かめたいと思ったと言ったほうが正しいだろう。

（何だか、どきどきする）

アイーダは戸惑い気味に立ち止まった。大国の王の重要な秘密を探りに来たみたいで、少し知るのが怖い気もする。淫乱な暴君だと思っていたヘサーム王が、国民からは名君と称《たた》えられ、子供たちには剣術を教えているのだという。もし、違っていたら、と期待して裏切られるのを恐れているような感情が胸を小さく締め付けた。

（やっぱり、あの後から変……）

剣舞で失態を犯した夜、ヘサーム王に奪われた唇を思い出し、熱で落ちてしまいそうな頬を手で押さえた。もてあます感情に、アイーダがその場でぐるぐる歩き回っていると、金属同士がぶつかり合うような音が聞こえてきた。一つ二つではなくて、いくつもいくつも。それは紛れもなく広場のほうからだった。足音と逸《はや》る鼓動を重ねながら、一歩一歩、近付いていく。アイーダは、広場を囲んでいる木々の影からそっと覗いた。

（嘘《うそ》つ）

そこには数人の子供たちに囲まれ、剣術を教えるヘサーム王の姿があった。ときおり笑いかけながら、子供の頭を撫でている。普段王宮内で見る王の顔のそれとは、まったく別のものだった。

(あの人、あんなふうに笑うんだ)

とくり、と心臓が柔らかく跳ねる。放心状態のまま見つめていると、一人の女の子がヘサーム王に駆け寄っていく。

「王様、見て見て」

昨日の女の子が、自分の教えた動きを得意げに披露している。

「ほう。知り合いの舞に似ているな」

「え、あの変人女さんと知り合いなの？」

「変人女か。いい名を付けたな」

ヘサームは感心した顔で女の子の頭を撫でている。明らかにアイーダを連想したようだ。自分だって淫乱王なのに、とアイーダは心の中で反論した。


「鷹ってすごいね。強そう」

「王様の言うこと聞くの？」

稽古が一段落した後、ヘサームは愛鳥の鷹を子供たちに見せていた。ヘサームが鷹を飛ばすと、子供たちから歓声が上がる。翼を広げ雄大に飛ぶ姿は、彼に似ている。アイーダは、蠟燭《ろうそく》の火が灯ったように胸の奥が温かくなっていた。すると、屈んでいたヘサームが身体を起こした。

「変人女は覗き見が趣味なのか？」

ヘサームの言葉に、子供たちが一斉にこちらを見た。

「ちがっ、違います。さっきの女の子から、陛下が子供たちに剣術を教えていると聞いて、ここに来ました」

「変人女さん、やっぱり王様を狙ってるんじゃない！　王様のお妃はわたしがなるんだからね」

他の子共たちを張り倒す勢いで、女の子は走ってくるとヘサーム王の右腕にしがみついた。その熱意に思わずアイーダは笑みを浮かべた。

「大人だからって余裕かましちゃって。その変な恰好を改めないと妾《めかけ》にだってなれないんだから。もう、王様もなんでこんなぼろぼろの指環しているの？」

女の子は、ヘサームの親指に嵌《は》められた指環を見つめて言う。そういえば彼に触れられたとき、いつも冷たい金属の感触があった。アイーダは、ヘサームの右手親指を注視した。嵌められた指環は特に由緒があるとも思えず、全体がくすんでいて古めかしい。大国の王が身に着ける品には見えず、違和感があった。

「これ、お星様でしょ？」

指環に彫られた意匠だろうか。女の子が続けて問う。

「ああ。この国の夜空は美しいだろう」

「うん。だからいつも着けているの？」

「美しいものは、手元に置いておきたいからな」

自然にも関心があったとは、また意外な一面を目の当たりにした。てっきり貴族女性と酒池肉林にしか興味がないものだと思っていた。でも、宴はすべて国のためだったのだ。

（えっ）

一瞬、彼と目が合った気がした。まばたきをして見入ったが、彼はすでに子供たちへ優しい眼差しを向けていた。


「意外、でした。陛下も、あんな表情をされるのですね」

不思議な感じだ。子供たちを見送って、夕日に染まる広場に王と二人きりになった。数日前まで威圧感に怯《おび》えながら、警戒しかしてなかったのに。

「昨日、砂漠を越えて来た男性が役人の方々に運ばれて行く場に、わたしもいました」

「あの娘に、私を誑《たぶら》かす踊りを伝授していたのか？」

意を決して切り出したがヘサームは、はぐらかすように別の話を振ってきた。

「違います！　確かに、陛下を落とす踊りを教えてとは言われたけれど」

「楽しみだな」

「まさか、あんな女の子まで」

「誰が子供を襲うか。こちらにも選ぶ権利がある。先々の見込みがあるという意味だ」

そう言いながらヘサームは、腕に乗せていた鷹を放つ。鷹は大きな翼を広げ雄大に空を舞った。

「子供は、国の宝だからな」

「へ？」

彼のものとは思えない言葉が発せられ、アイーダは激しく動揺する。

(空耳？　幻聴？)

「何だ。その間の抜けた声は」

「でしたら、女遊びなどお止めになって正式に王妃をお迎えになったらいかがですか」

「ならば、アイーダ。お前が私の世継ぎを産むか」

顔が熱くなる。きっと、からかわれている。そう、分かっているのに。

「わ、わたしより、もっとふさわしいかたがいらっしゃると存じますが」

「まだ、妃を迎える気にはなれん」

「あの詩のように、唯一無二の妃を迎えるつもりはないのですか？」

「確実に落ちてくるかも分からぬ果実を、ただ待つなど無駄なことだ」

胸の中を針で刺したかのような痛みを感じた。

夜な夜な女を食い漁って、子供たちには剣術を教えて、国民には名君と謳われる。

(どれが本当の姿なの？)

鷹の飛ぶ姿を目で追う王の姿を見つめる。濃い橙《だいだい》色の夕日が空を染め、長い影を引く光が王の烏羽玉《うばたま》の髪に反射する。

「――っ」

美しいと思ってしまった。

風は穏やかに吹いていて、頬を掠《かす》めていくのに。今、彼と自分だけがいる空間は――。

時が止まったかのような錯覚を、小さな金属音が消し去った。

背後から冷たい刃が自分の喉元に突きつけられる。

「我々と来てもらおうか、ヘサーム王」


鈍い音が耳を劈《つんざ》く。

「我らとの取引を承諾しろ！」

三人の男たちがヘサームの服を剝ぎ、縄で縛って吊《つる》し上げ、鞭《むち》で激しく打った。ヘサームの褐色の肌は裂け、血が流れ出していた。彼は歯を食いしばりながら激痛に耐え、声ひとつ上げない。アイーダは凄惨さに顔を背け、目を瞑っていた。鞭が鳴るたびに、全身が震えた。

「貴様ら、誰の差し金だ」

荒い息と共に、ヘサームが口を開いた。

「誰の差し金でもない。我らの独断だ」

ヘサームの問いに、男たちも鞭を振るう腕を止める。アイーダも彼らの会話へと顔を向けた。

「……っ！」

目に飛び込んできたのは、鮮やかな赤。滑らかな褐色の肌が先ほどよりひどく血潮に染められている。とても見ていられない、胸の中が抉《えぐ》られそうだ。

知人が拷問されるのを目の当たりにしたのもショックだったが、ヘサームに鞭を打ちつけている人物たちにも驚いていた。

「もう、やめてっルト」

上ずる声が震えて、涙が零れた。

「じゃあ、おまえが代わりに打たれるか？」

鞭の握りの端で顎を持ち上げられた。

鞭は、ヘサームの血で濡れていた。恐怖に蹂躙《じゅうりん》され、凍り付いた喉からは掠れた息しか出てこない。目尻からは熱い雫《しずく》が、背中には冷たい汗の雫が伝っていく。

「……だとすれば、大層妄動だ。ジンどもがうろつく我が領土でシェラカンドの王に楯突《たてつ》くなど……」

「だったら今すぐ、その自慢の家臣を呼べばいいだろ」

ルトの兄、ムグニィが王の髪を摑《つか》み上げる。その言葉にアイーダも恐怖に支配される意識の隅で訝《いぶか》しく思った。

二人で狭い納屋に監禁された。ヘサームの肌は数多《あまた》の大きな裂傷が刻まれている。傷口からは紅血が溢《あふ》れ、縛り上げた縄が痛々しく食い込む。アイーダは痛みと悲しみで胸が張り裂けそうになっていた。

「……今後同じような状況に陥ったら、相手の足の甲を踵《かかと》で踏みつけろ。拘束から、逃れるための手段だ」

「……ごめん、なさい」

何も言い返せない。刃物を喉元に突きつけられたときも、ヘサーム王が鞭で打たれたときも、何も出来なかった。

「ジンは、どうして来ないの？」

いつも王宮内を見回っているはずだ。主人の危機を察知しないわけがない。

「王宮内でしか助力しない。そういう、契約だからだ。……本当に性懲のない、奴らだ……。この、国の王をやっていると、くだらん騒ぎに巻き込まれる」

自嘲気味にヘサームは零した。

「それなのに、いつも、ひとりで町に？」

「ああ、あの程度の輩、造作もない」

「ごめん……なさい……っ」

自分があの場に居合わせなければ、彼は拷問されることはなかったのだ。

「お前は、誠に珍妙な小娘だ。あんなにも……、妖艶に舞うというのに。ふだんは憑《つ》きものが、落ちたかのように……別人だ。カリーブのときと同様に」

「えっ？　……どうして……知っているの？」

なぜ、ヘサームがカリーブの舞台でのことを知っているのか。アイーダは、次の言葉が出てこない。

「私もあの場にいた。忍んできていたので、顔を隠してたがな」

突如聞かされた事実に、言葉を失った。

「舞台上で挙動不審に陥り、座り込んだお前が気付くはずもないが……。あのときの無様なふるまいはなんの真似だったのだ」

意味深な眼差しで紅と青の瞳が力なく見つめてくる。もしかしたら、このままアイーダとして死ぬかもしれない。それなら話してしまっても良いかもしれない。

アイーダは、鈴木由美子としての記憶があること。この世界で生まれ育った記憶がなく、気が付いたらカリーブの舞台にいて、踊り子となっていたことをヘサームに話した。

「だから、この世界の人たちの感覚についていけなくて。今まで色々な国で公演して回ったけど、みんな異性と関係を持つのを挨拶程度にしか思ってなくて奔放で。由美子の記憶がなかったら、それが普通だって思えて、もっと楽に生きられたと思うけど。わたしには、どうしても受け入れられない。今も、由美子の気持ちなのか、アイーダとしての気持ちなのかが、分からないの」

途中、ヘサームは微かに目を見開いていたが、恐怖で気持ちが高揚していたアイーダは、話に夢中で気付くことはなかった。

「くだらん」

王は堰《せき》を切ったように自らの生い立ちを話すアイーダを一蹴した。

「お前は、宵の翠玉《すいぎょく》、アイーダ。ユミコという女ではない」

「だって、ちゃんと覚えているんだもの。小さい頃のことや、土砂降りの中で歩いていたことだって。でも、アイーダとして育った記憶がないのよ」

「今、この世界にその頃のおまえを知る者などはおらぬ。ならば誰に臆することなく堂々としていればいい。」

真剣で鋭い静かな瞳。その目に見つめられると、すべて見透かされているような。

「身体が別人に変わったからって、心も中身も変わる訳じゃないのよ」

形だけはきれいになっても、心は臆病な昔の自分のまま。もう、鈴木由美子の体はないのに、戻れないのに。意識は過去に縛られて置き去りにされたまま。

「……帰り、たいっ」

なんで、こんなに怖い思いばかりしなければならないのか。今ほど、鈴木由美子でいた世界が恋しくなったことはない。普通に生活していれば、人前で肌を晒《さら》すことも、人が鞭で打たれるなんて恐ろしいこともなかった。呟《つぶや》くと、一滴の涙が瞳から零れ落ちた。

目元に温かな柔らかい感触が与えられる。ヘサームが痛みと後悔と悲しみ、ありとあらゆる負の感情が溶かし込まれた自分の雫を唇で汲《く》んでいる。

「今、私の目の前にいる踊り子は、男共を惑わす宵の翠玉。それがおまえだ……アイーダ。もはや、自らの存在せぬ世界を恋しがっても何もならん。たとえ、前世だとしても、それは今のおまえではない」

「陛下」

ヘサームの言葉が、不思議と心に染みていく――。

「うっ……――っ」

ヘサームが急に、苦しそうに息を吐き出す。眉間には深い皺《しわ》が寄り、大量の汗に乾き始めていた

血が再び流れ出す。アイーダは彼の額と自分の額を合わせた。

(熱い)

傷による発熱だ。アイーダは立ち上がり、固く閉ざされた扉に体当たりを繰り返した。

「開けてっ開けてっ!!」

力の限り叫び、全身を扉に叩《たた》きつけた。しかし外に動きはない。身体を打ちつけながらヘサームのほうを見る。頭を垂れ、意識を失っているようだった。

「開けて、ヘサームが死んじゃう、開けて!!」

すると急に扉の向こうが騒がしくなった。乱暴に鍵を開ける音がし、アイーダは、ヘサームをかばうように立った。

「くそっ!!」

そのとき、ムグニィが死にもの狂いの形相で、短刀を片手に飛び込んできた。彼はアイーダの首に短刀を突きつけ、扉に向き直った。

「陛下、アイーダ殿」

聞き覚えのある声に呼びかけられた。

(ファティ様?)

姿を現したのは兵隊を従えた大臣のファティだった。

「く、来るな。こいつを殺すぞっ!」

ムグニィは、大声でファティたちを威嚇した。

「あなたに逃げる術《すべ》はありません、おとなしくその女性を解放しなさい」

あくまで冷静にファティは声をかける。

「うるさいっ!!」

「つ――――!!」

ひやり、冷たく鋭利な金属の感触。アイーダの白い首筋に、刃が食い込んだ。

(もう、死ぬかもしれない)

鋭い刃が喉を切り裂くのを覚悟した。

「商人なら、引き際はわきまえろ」

耳元でヘサームの声がした。冷たい刃が離され、身体が自由になる。振り向くと、ヘサームが短刀を取り上げ、ムグニィを床に押さえつけていた。さっきまで彼が居た場所には、縄が円形のまま放置されている。ムグニィは、そのまま兵に引き渡されルトとナーゼルも連れて行かれる。呆然《ぼうぜん》としていると、拘束されていた手の縄を切られた。

ヘサームが短刀を手にしていた。二色の瞳はやや虚ろで、細い息をしていて、痛々しそうな様子には変わりない。

「ヘサーム。良かった」

そう告げた瞬間、アイーダは意識が途切れた。

徐々に、視界が明るくなる。目に映し出されたのは豪華な天蓋《てんがい》だった。明らかに自分の部屋ではない。いつも鼻腔《びくう》に居座る香りが充満している。重たい身体をゆっくりと持ち上げると見知らぬベッドの上にいた。そして、着ていた服が変わっていることに気が付いた。胸も脚も透けている極薄の生地。こんな際どい服、持っていない。胸の先端や局部は飾りで隠れるようにはなっているが、裸と同じだ。恥ずかしすぎて全身から火が出そうになる。あわてて胸を腕で隠した。

「よく眠っていたな。無防備にもほどがある」

横からヘサームの声がした。彼は上半身を起こし、大きな枕に背を預けていた。

(わたし、まさかヘサーム王と一晩？　でも、服着てるし。でも、服が変わってるし)

「くくっ、お前はまだ生娘のままだから安心しろ」

表情に出ていたらしく、ヘサームが懸念を払拭する。

「安心って。この服、まさか陛下が」

違っていてほしいと思いつつ訊《たず》ねた。

「ああ、そうだが」

最悪の答えが返ってきた。

「最低っ！」

胸元を腕で隠しながら、足を固く閉じ、ベッドの端へ後ずさった。

(信じられない。わたしのことかばってくれたり、慰めてくれたりして。ちょっとは、いい人って思ってたのに)

腹を立てたものの、意識を失う前の凄惨な出来事を思い出し、申し訳ない気持ちでいっぱいになった。

「あっ、あのっ。ごめんなさい、わたしのせいで。身体は」

「この国は名医揃《ぞろ》いだからな、大したことはな――っ」

ぐらりと、ヘサーム王の上体が揺れる。あわててそれを支えようと手を伸ばした瞬間、身体と視界が反転する。不敵な笑みを浮かべながら、ヘサーム王が自分を見下ろしていた。

「おまえは、誠に純真で、正直な女だな」

「やっ、はなして」

手を動かそうとしても、指を絡められて頭上で拘束され、ベッドに組み敷かれてしまった。

「申し訳なく思うのなら、こちらも身体を張ったのだ。身体で返してもらわんとな」

「んんーーっ！」

ぐっとアイーダの唇に噛《か》みつくように口づける。唇を塞がれると同時に舌が割り込み口内を犯す。

(体が、芯が熱い)

今まで感じたことのない感覚が、身体中を侵蝕《しんしょく》し駆け巡っていく。ヘサームは、片方の手でアイーダの胸に触れた。裏庭でのことを思い出し、身体がぴくりと跳ねた。

(やだっ、また胸を触って)

胸に気を取られていると、口づけはさらに激しさを増した。互いの唾液が混ざり合い濡れた音が鼓膜に響く。

「んっ。ふっ、う」

淫らな音を立たせ、ヘサームの唇はそのままあご、首筋へと滑り胸の中央へと行き着く。熱を帯びた王の唇が、焼印のように刻まれる。

「あっ」

「おまえの乳房は気持ちがいい。今までのどんな女より」

ヘサームは胸に顔を寄せ呟いた。

「こんなこと、誰にでもやってて。あっ……」

アイーダの言葉を無視し、ヘサームは上衣の右胸部分を下にずらし、その豊満な果実を露わにさせる。

「いやぁっ、やめてっ」

「今日も、この飾りは甘いのだろうな」

「やっ、あっ、んっ」

胸の先端を指の腹でなぞられ、アイーダは自分でも信じられないくらい甘い濡れた声を漏らした。

「ああっ！　やっ、あっ――!!」

そのまま先端を口に含まれ、刺激に慣れないそこを舌で弄ばれる。たった今、唇でされたのと同じように。

「んっあっ。やっ、やめて。ああっ！」

恥ずかしさで意識が弾けそうになる。ヘサームが胸の尖《とが》りから唇を離し、顔を覗き込んでくる。

「初心《うぶ》だな」

涙目で睨《にら》みつけるが、意味がない。

「あっ……」

ヘサームは、眼前に晒されたアイーダの乳房を摑み揉《も》みあげた。温かくまろやかな皮膚に、親指に嵌められた冷たい指環の感触が痛い。

「いやっ。やっ、やだぁっ」

「くくっ、愉しみがいがありそうだ」

「誰が、あんたなんかっ。あっ……ぁ」

「臆病なわりに気が強いな。それに、あいかわらずいい声で啼《な》く」

「いやっ、いやあぁ……。はっ、はあっはぁっ」

熱い掌に乳房を揉みしだかれ、息が乱れる。

「どうして？　子供たちに剣を教えて、身を挺《てい》して、わたしを……かばって……」

「短絡的な考えだな」

ヘサームに頤《おとがい》を摑まれ、目線を合わせられた。彼の言葉にアイーダは悲しさが胸の奥で込み上げて視界が滲んだ。

「っ、うっ……」

どうして、こんなにも苦しくて悲しいのかが分からない。信じていたことが嘘と言われたみたいで、善き王であると思った気持ちまでも否定されたように感じた。

「んっ、ふっ」

再び唇が重ねられた。純潔の身体を焦がすヘサームの執拗な愛撫《あいぶ》は続いた。

「あっ、はあっ」

「音を上げるには、まだ早すぎるぞ。対価としては、とうてい足りぬ」

「か、身体で返せとは」

意味は分かっていたが、できれば違っていてほしいと思い、アイーダは聞き返した。

「そのままの意味だ」

ヘサームは身体を起こすと、再びベッドに背を預けた。

「今日はお前が私に快楽を与えるのだ。早く傷が癒えるようにな」

アイーダは昨日、目の前で起きたことを思い出し、ぎゅっとスカートを握りしめると、意を決してヘサームの上にまたがった。うるさいくらい心臓が高鳴っている。ヘサームは涼しげな顔をして、アイーダを見ている。

アイーダは、たどたどしくヘサームの唇に、自分のそれを合わせた。固く引き結ばれた唇。同じやわらかい皮膚のはずなのに、はじかれているみたいだった。

キスしている間も、ヘサームは目を開けたままだ。恥ずかしさと緊張でアイーダは背中に汗が流れていく。震えながら、アイーダは触れるだけのキスを繰り返した。

（こんなにキスしているのに）

もう何度唇を合わせたのか、分からなくなっている。それなのに、ヘサームはまったく動かず、ただアイーダに鋭い視線を向けていた。唇が痺れてきて、アイーダはヘサームの膝の上でひと呼吸おいた。

「なんだ、これは。この程度か？」

「え？　あの……」

「その身体をもっと、使ってみせろ」

アイーダはとまどいながら、両手で胸を持ち上げた。そしてヘサームの胸板に自分の胸を押しつけた。豊満な乳房が固い身体の上でつぶれる。

「……んっぁ」

往復するたびに、乳首が先端の飾りにこすれて、変な声が出てしまう。太ももが震えて、何度も動きが止まった。

「自己満足にもほどがある」

ヘサームに咎められ、アイーダは泣きたくなった。自分にとっては、これがせいいっぱいだ。どうすれば彼が満足するのか、分からなかった。

そのとき、お尻のあたりに、硬くて太いものが当たっているのに気がついた。なんだろうと、思った瞬間、ヘサームが欲情している証拠だと分かり、全身がカアッと熱くなった。そんなはずはないとアイーダが考えていると、突然視界が反転した。

「やっ、やだ」

上衣の中心から手を入れられ、掬うように乳房を摑まれた。

「ああっ、やっ……ぁ。やめっ……、はっあん」

すでに硬くなり始めていた乳首が、唇と指で刺激される。ヘサームの片手は、同時にアイーダの茂みの奥を弄った。

「ンっ、んんう」

「あの程度で濡らしたのか？　とんだ淫乱だ」

「や、やめて……」

ヘサームの指が動くたびに、くちゅくちゅと音がする。蜜壺の入り口も奥も、まんべんなく擦れていく。やめてほしいのに、もっと別のところを触ってほしいとも思ってしまう。

「あああああっ！」

強い電流が走るような感覚に腰がはねる。

「おまえは、ここが好きだったな」

「やっ、ち、がっ……。ああっ……やぁっ」

ヘサームは、ことさら楽しそうに、アイーダが大きく声を上げるところを抉り続けた。指を抜いてほしくて、手を伸ばすがヘサームの手が止まることはなかった。

「あっ、ああぁっ」

抉られるたびに、何かが膨らんでいく。そして、それが弾ける直前に、ヘサームの指が引き抜かれた。

「あ……」

アイーダは肩で息をしながら、ヘサームのほうへと目を向けた。

「足を開け」

アイーダは涙目になりながら足を開いた。

しかし、ヘサームは何もしない。ただ、じっとアイーダの卑猥な恰好を見つめている。

「あの」

耐えきれず、アイーダは声をかけた。

「おまえは、ねだることも知らないのか？」

「え？」

ちゅく、と淫らな音。ヘサームの指が膣口を撫でた。

「ひゃうっ」

しかし、それだけ。ヘサームは再び指を離した。

アイーダは足を閉じようとするが、ヘサームの上半身が割り込んできた。ヘサームはアイーダの陰部に顔をよせると、ふっと息を吹きかけた。

「っ」

そんな微かな刺激にも陰芽は反応してしまう。

「どうしてほしいか言ってみろ」

指の腹で秘芽をはじかれる。

「ああっ」

ぷくりと膨らんだ肉芽は正直だ。アイーダは、我慢できなくなっていた。

「さ、さわって……くだ、さい」

「どこをだ？」

どこまでもサディスティックなヘサームに、悔しくなる。アイーダは、力の入らない手で、ヘサームの腕を摑み、濡れてヒクつくそこへと導いた。だが、ヘサームの手は止まったままだ。

「触っているだろう」

「そ、そうじゃなくて」

アイーダは涙を溜めながら、ヘサームの指で陰核を弄らせた。

「こ、こを……こう、して」

ヘサームはアイーダに言われた通り、肉芽をこねあげる。

「あ、あん」

アイーダは吐息を漏らす。でも、もっと別のとこを触ってほしい。

でも、ヘサームは自分が言わなければしてくれない。

アイーダはじれったくなり、自分の指を割れ目へと入れた。とたんにびくんと身体が跳ねた。ヘサームに触られた場所を思い出しながら、蜜壺を指でかき混ぜた。ぐちゅりぐちゅりといやらしい音が室内に響く。

「自分ひとりで気持ちよくなっているのか」

「そんなこと、言われたって……っあああッ！」

突如、ヘサームの指が弱い部分を激しく抉っていく。抜き挿しするたびに蜜があふれて、アイーダの尻へと流れていく。

「いやああっ、ああんっ……。あっあっ」

乱暴にかき混ぜられているのに、アイーダはなされるがままだった。気持ちいい、もっとして欲しい。なのに、どうしてだろう。虚しさと淋しさが胸をせつなくした。その理由を今のアイーダが気付くことはなかった。

「いやらしい蜜を垂らして」

ヘサームの蜜まみれの指が、目の前に晒される。アイーダは羞恥で顔をそむけた。

「舐めろ」

「ん、ぐっ」

口に指を押し込まれ、アイーダは吐きそうになった。やっと指が抜かれ、アイーダがむせかえっていると股の間に熱い塊が当たった。ヘサームはアイーダの太ももに、自分の肉茎を挟んで擦り始めた。

「いっ、いやあっ！　やだっ、やめて」

アイーダの気持ちとは反対に、中はごくりと生唾を呑み込むみたいに動いた。ヘサームのペニスは先端から透明な液体を垂らしている。それがアイーダの太ももを濡らした。

ヘサームはそのままアイーダの膣口にこすりつけた。

「ふっ、初心なくせに女の本能は正直だ」

「ちがっ……」

散々弄られて花開いたそこは、欲しがるように震えた。硬い先端がわずかに膣口に食い込む。

「いっ……あ」

アイーダはかぶりを振った。

「やっ、やめ、やめて。もう、や、だあ」

ヘサームは、アイーダの反応を楽しむように、濡れそぼる蜜口をつついた。

「本当は、欲しくてたまらないのだろう」

断定する口調に、アイーダは必死で否定する。

「あっ、やぁ」

すると、今度は硬い剣とは違う、柔らかいものが、膣口に当てられた。少し背中を起こしてのぞくと、足の間にヘサームの頭が見えた。

「そ、そんなところ、汚いっ、んぅ、あああ」

下半身を舐められていると気付いたアイーダは驚いた。だが、肉芽を柔らかい舌に包まれると、なんとも言えない幸福感に包まれる。

「はっ、ぁっ……」

ヘサームはアイーダのぐしょ濡れの膣口を舐めながら、花芽を指でこねあげる。

身体の奥底から快感があふれて脳天へと突き抜けそうになる。その刹那、ヘサームの指が愛液を絡ませながら引き抜かれていった。

「今日は疲れたから、もういい。さがれ」

「えっ？」

ヘサームは、アイーダから離れるとベッドに身を沈めた。

ようやくヘサームの手から解放され、アイーダは私室に飛び込んだ。まだヘサームの感触が残る胸を押さえる。胸の中心は、彼の口づけで焼けるように熱い。

「やだ……っ」

どんどんあの男に囚われてゆく。侵蝕《しんしょく》され、違う自分になってしまいそうで、怖くなった。

第五章

地に堕ちる果実

（こんな服、金輪際着ないわよ）

早く自分の身体から、この卑猥《ひわい》な衣装を引き剝がしたくて、首ひもの結び目を一気に解いた。姿見が横目に入った瞬間顔と全身が熱くなる。

彼は着ていた服を全て脱がし、この身体を見たのだ。改めて、そう認識して恥ずかしさで死にそうになる。

「えっ」

アイーダは鏡の前に行き、まじまじと自分の胸を見つめた。白い乳房には、小さな赤い鬱血痕が散らされていた。

（なんのつもりなの）

アイーダの中で、名も知らない感情が植え付けられ、芽を出し始めていた。

なんとか無理やり心を落ち着けて、着慣れた服で座長と仲間たちの元に向かうと、突進して押し倒してきたのはサナだった。

「大丈夫だから。サナ」

「アイーダ。まだ無理しないで。身体を休めていて」

「ありがとう、タラーイエ」

「ああっ。無事でよかったよ。看板踊り子がいなくなったら、商売上がったりだ。見たところ、身体に傷もないし。はぁ、本当によかった。傷の付いた肌で舞台に立たせる訳には、いかないからね。動けるようになるまで、ひと月以上はかかるし」

座長がそろばんを弾きながら安堵《あんど》の声を漏らした。

その話を聞いて思い出される恐怖に、アイーダは身を震わせた。胸は中から冷たい刃を突き立てられたみたいに痛くて温もりが逃げていく。鞭《むち》で滅多打ちにされたヘサームの身体。さっきは、いつも通りのからかい混じりの口調だったけれど、本当はひどく痛むのではないだろうか。

「アイーダ、顔真っ青だよお。寝てなきゃだめだよ！」

「大丈夫よ。サナ」

完全に箍《たが》が外れたサナは、迷子の子供みたいな顔になっていた。

「貴女を攫《さら》ったのは、ルトたちだったそうね。いっそのこと、ジンに消してもらえばいいと思うわ」

サナを宥《なだ》めながら、タラーイェが怒りを滲《にじ》ませる。アイーダたちを拉致した三人は捕縛後、王宮内の地下牢《ちかろう》に投獄されたそうだ。現在ファティが取り調べているらしい。

『男共を惑わす宵の翠玉《すいぎょく》。それがおまえだ。アイーダ』

拘束されていたときの、ヘサームの言葉が耳にこだまする。この世界の感覚を受け入れるなんてとても出来ないが、アイーダとして堂々と生きろと言われているみたいだった。

「アイーダ。あんなことの後だしね。しばらくは、しっかり体を休めておくんだよ」

座長が念を押すように言う。

「はい。あ、ねえ、サナ。…ジャスミンは？」

ためらいがちにジャスミンの名前を出したとたん、その場にいた全員が口を閉ざした。

「それが～」

サナは、思いっきり嫌そうな声を上げる。

「ジャスミン、部屋から出て来ないのよ。カービド様に奥様と別れて、自分と結婚して欲しいって言ってしまって」

タラーイェがあきれた声で続けた。

「ええっ!?」

「カービド様も、一時の快楽欲しさに身体を重ねていただけだから、当然拒まれたわ。それでも結局身体だけでも繋《つな》がりたいって」

「途中で、カービド様を忘れようとして、他の男と～。そのせいで逆に傷ついて～」

サナとタラーイェが交互にジャスミンの現状を話す。

「心が溺れると厄介よ」

その内容が、やたら痛く心に突き刺さる。今までは自分には関係のないことだと思っていたのに。

わたしの心も溺れかけているのだろうか。

「ジャスミン」

部屋の扉を叩くが、返事はない。顔は合わせづらいが、放っておくこともできない。

彼女と、ちゃんと話して仲直りしたい。しかし、弱く握った取っ手が回されても、過日と同じ光景があるだけだった。

「アイーダ殿」

声のほうを向くと、大臣のファティが果物の盛り合わせと調合薬を乗せた食卓を持って歩み寄っていた。

「お身体の加減はいかがですか。主からこちらをお持ちするように仰せつかりました」

「ありがとうございます」

あの人にとっては、たいしたことではないんだろうけど。心のどこかで嬉《うれ》しいと思ってしまっている自分が確かにいる。アイーダの部屋に入り、ファティが床に絨毯《じゅうたん》を敷く。初めてヘサームに口づけられた晩の翌日の朝が思い出された。

「どうぞ、お召し上がりください。薬を服用されましたら、ゆっくりと体を休めてくださいね」

「はい、ありがとうございます。ファティ様、先日の舞台では申し訳ありませんでした。昨日も重ね重ねありがとうございました」

アイーダがおじぎをすると、ファティは柔らかい表情を浮かべた。

「いえ。それがわたくしの務めですので。昨日の礼は主の愛鳥に。彼が監禁場所の上空を旋回していたお陰で、発見に至ったのですから」

ヘサームに似た精悍《せいかん》な鷹《たか》。また近くで会う機会があれば、しっかりと礼を言いたい。

「アイーダ殿、お辛いとは存じますが少々お訊ねいたします。主と監禁されていた際、ジンらは現れましたか？」

アイーダを気遣いつつ、ためらいがちな声でファティは言う。主を拉致した者たちを取り調べる彼にとって、状況の把握が必須なのだろう。

「いいえ。ジンは王宮内でしか助けてはくれないと陛下は言っていました」

「……やはり。あれは元来気まぐれな性質で、我々人間を見下しておりますゆえ、あまりその力を過信するのはいかがなものかと思うのですが。主は自国にとって不利益な交渉には決して応じません。そのため敵も多いのです」

大臣としての表情を崩さぬファティに、心痛さが滲《にじ》んだ。

「ファティ様、陛下はなぜジンたちを操る力をお持ちなのですか？」

「私も長年お仕えしておりますが、存じません。代々シェラカンド王には最高位のジンであるマリッドが憑《つ》いているのは他国でも有名な話です。マリッドを始め配下のジンらを操る力があれば何人とも覇者となれましょう。その恩恵に与かろうと多くの貴賓が集うのですよ」

剣舞の失態の晩、ヘサームがマリッドと呼んでいた魔神は、彼自身に憑いているらしい。しかし、主人が窮地に追い込まれていても現れない辺り、ジンというのは相当気まぐれなのだろう。ファティが部屋を出た後、アイーダは絨毯に座って食卓の果物を口にした。口当たりの良い果肉と甘い果汁が心も潤していく。恐らくこれも宴に出され、他国との貿易に使われている。活気に満ちていた街の風景が浮かぶ。行き倒れた旅人を介抱する役人。子供たちに向ける穏やかな顔。

――宴もすべてシェラカンドに住む人々のため。

マリッドをその身に憑かせ、ジンを操り、恩恵に群がる他国の貴賓たちを相手にする。あの威圧的な雰囲気の下で想像も出来ない重圧を背負っているのではないか。そう思うと、アイーダは胸の奥が締め付けられた。


「よしよし。アイーダも、いい出来だ！　これなら明日の宴には出せるな」

座長が拍手をしながら安堵の声を上げる。ヘサームと拉致されてから、およそひと月。アイーダは休養を取りつつ、徐々に一座との稽古を始めていた。ジャービル王が帰国したこともあり、一座の舞台は早々に再開したのだが、ジャスミンが顔を出さなくなり、花形のアイーダが不在の余興は間の抜けたものになってしまっていたようだ。

いまだにジャスミンは部屋に戻っていない。毎日部屋を覗《のぞ》くがひと月前と同じ光景しかない。踊り子たちの情報によると、王侯貴族の部屋を渡り歩いているらしい。

「アイーダ、ジャスミンのことは放っておきなさい。カービド様のことも、今のことも、あの子が自分自身で選んでいるのだから。あなたに非はないわ」

タラーイェが窘めるように言う。しかし、アイーダはジャスミンを放ってはおけなかった。命の恩人で、初めて出来た友達。だから今度は自分が彼女を助けてあげたかった。

座長の指示で、アイーダはひと足早く稽古を切り上げた。自分の部屋に入る前にジャスミンの部屋の扉を叩《たた》くが、またも部屋は無人だった。アイーダは来た道を戻り、普段は近づかない貴賓室の一角へと向かった。

男たちに鉢合わせるかもしれないと、恐怖で焦りながら臙脂《えんじ》の絨毯の上を早足で移動していると、カービドの部屋の扉が勢いよく開いた。

「いい加減にしてくれ！　おまえのような踊り子に構ってる暇はない」

カービドが誰かを部屋の中から突き飛ばした。

「カービド様っ！」

ジャスミンだった。床に倒れ込み懇願する彼女を無視し、乾いた音を立て扉は閉められた。沈黙が空間を押しつぶしていく。うなだれたままの彼女から、痛々しい嗚咽《おえつ》が漏れる。

かつての潑剌《はつらつ》とした面影は、微塵《みじん》も感じられない。やつれたジャスミンの姿に、アイーダは立ち尽くしていた。

「ジャ……スミン」

絞り出した声は途切れがちになってしまった。

「あら、アイーダじゃないの。ヘサーム王と攫《さら》われたって聞いたけど、元気そうね」

ジャスミンは身体を軋《きし》ませながら立ち上がり、歪《ゆが》んだ瞳を向けながら近づいて来た。

「ねえ、ちょうど良かった。カービド様があんたを欲しがってるのよ。あんたを味わえたら、あたしを妾《めかけ》にしてくれるって言うのよォ。お優しい宰相様よねェ!!」

狂気に満ちた瞳にアイーダは、背筋が冷えていく。

(この人は、ジャスミンなの？)

聞き慣れた声には、憎悪の響きしかない。身の危険を感じたアイーダは後ずさった。

「全部あんたのせいよォ!!」

ジャスミンは、激昂《げきこう》しアイーダに摑《つか》みかかった。腕で顔をかばい目を瞑《つぶ》った瞬間、アイーダの頭皮に熱い痛みが走った。

「あんたなんか、あのまんま一座を追い出されてればよかったのよ」

その言葉にアイーダは目を見開いた。雑草をむしり取るみたいに、白金の髪がジャスミンの手で引っ張られていく。頭皮と胸に痛みを感じながら、アイーダは抵抗した。腕もジャスミンの爪で引っかかれた。

「やっ、やめて、ジャスミン」

「消えてよ!! あんたなんか、死ね」

赤茶色の髪に挿した薔薇《ばら》の簪《かんざし》が抜かれる。ジャスミンはアイーダの顔目がけて、金色の先端を振り下ろした。

「――……っ」

アイーダは、目を瞑り身体を縮ませた。しかし、覚悟した突き刺す痛みはやってこない。それどころか、自分を摑んでいた手が離れている。恐る恐る目を開けると、ジンがジャスミンの両腕を拘束していた。

「っ、なんなのよ!! あんたばっかり大事にされて」

泣き叫ぶジャスミンに、アイーダの心は痛んだ。呆然《ぼうぜん》と立っていると、ジンが睨《にら》むようにこちらを見た。さっさと立ち去れと言われているらしく、アイーダは慌てて背を向けて走った。

せわしく動いていた足がやがてのろくなり、アイーダはとぼとぼと歩いた。聖泉に向かい合った廊下には冷涼な風が吹き抜けているが、アイーダの心は水底へと沈んでいきそうだ。水の跳ねる音がして、反射的に聖泉のほうを振り返った。日差しの下に浮かび上がったのはヘサームだった。

（よかった。沐浴《もくよく》ができるようになったんだ）

水で身体を洗うヘサームを見て、一安心していると何か争うような声が耳に入った。振り向くと、二体のジンが殴り合いをしている。腰から下が煙になっている以外は男性同士のケンカと変わらない。止めたほうがいいかと思うが、相手は精霊だ。話を聞いてくれるかも分からない。アイーダが迷っていると、突如巨大な別のジンが現れ、二体のジンを握りつぶしてしまった。

「っ!!」

アイーダが息を呑むと、身体がふわっと浮いた。

足元を見れば何かの上に乗っているようだ。アイーダは周囲を見回した。右も左も迫持の柱が続くだけだ。前方には聖泉があり、変わらずヘサームが水を浴びている。なんとなく後ろを見るのが怖かったが、そおっと首を動かすとさっき現れたジンよりも立派な精霊の顔があった。

（もしかして、これがマリッド？）

ふと、初めてヘサームに口づけられた晩のことがよぎる。逡巡《しゅんじゅん》している間にアイーダの身体は上昇し、冷たい水の中に落とされた。衣が水を吸い、重くまとわりつく。溺れると思いもがくが、足が底に着き、ほっとした。

「わっ」

背後から伸びてきた逞《たくま》しい腕に閉じ込められた。ヘサームの固い身体と濡《ぬ》れた衣越しのアイーダの肌が密着する。

「着替え、少ないのにっ」

「この気候ならば、すぐに乾く。先日の薄物もあるだろう」

「あっ、あんなの、着ないわよ」

「よく似合っていたがな。おまえの腰と、白い胸が透けて見え、なかなか艶やかだったぞ」

平然と不本意な衣装を着せられたときのことを言われ、顔に熱が集まる。

「っ、や……あっ」

ワンピースの裾からヘサームの手が這《は》い上がってきた。掬《すく》い上げるように乳房を鷲摑《わしづか》みされ、指先でじっくりと揉《も》みしだかれた。

「やっ、ああっ」

つま先まで甘い痺れが伝う。

「邪魔な襤褸布《ぼろぬの》だ」

苛立ちを帯びた声がしたとたん、視界が暗くなり、ローブは水面へと投げ捨てられた。アイーダは下に着たワンピースだけになっていた。襟元の隙間と、布越しに胸元のヘサームの手が覗く。布越しに蠢《うごめ》くさまは、かえって淫靡《いんび》さを強くした。右の膨らみを愛でる手が襟元から顔を出す。

「まっ、まって」

「これも邪魔だな」

ヘサームはアイーダのワンピースを襟元から引き裂いた。褐色の指が白い果実を揉み潰すたびに、アイーダの羞恥が膨らんでいく。

「あっ、だ、め」

アイーダは、ヘサームの手を掴もうとしたが、力が入らず添えただけにしかならなかった。細い指先に金属の感触が掠《かす》めた。いつも彼の親指に嵌《は》められている真鍮《しんちゅう》の輪。そこには、六つの頂点を持つ図形が刻まれていた。

「この指環」

くすんだ金色に、目を凝らした。ぼやけた記憶の深淵《しんえん》に、同じ形が浮かんだ。

「だから、ジンを操れるんだ」

ただ思い出したことを口にしただけだった。

「あうっ」

突然、乳房を弄ぶ手に力が込められ、アイーダは悶えた。それまでからかい混じりだった指先が咎《とが》めるものに変わり、鈍い痛みが乳房に与えられる。

「ああっ、痛い。やめてっ。いやっ、ああっ」

「おまえ、このことを誰かに話したか」

突き刺すような声が耳に囁《ささや》かれる。

「えっ」

何のことを言われているのか、なぜそんなことを聞かれるのかまったく分からず、アイーダは混乱した。ヘサームから与えられる感覚をやりすごすのにせいいっぱいで、放棄されていた思考を手探りした。

「ああっ。やっ、だめっ。んっ」

考えあぐねていると、突如電流が走るような刺激を感じた。右の乳房を握っていたヘサームの手が太ももの間へと移り、無垢《むく》な花芽を蹂躙《じゅうりん》し始めていた。

「ふっ……あっ」

やめて欲しいと思うのに、アイーダの身体は滲《にじ》み広がる刺激に麻痺《まひ》していく。

指の腹で押し潰されるたびに、小さな花芽は膨らみを増す。

「こんなふうにされることを望んでいたのか？　身体への尋問すら利用するか」

「ち、がっ。やぁっ」

指で挟まれ、弄られた陰核から脳天へと電流が突き抜ける。左胸も捥《も》ぎとるように握られ、先端も花芽と同じくこね上げられた。

「しぶといな」

「やだっ……、やっ……や、めてぇっ……」

ヘサームは花芽を親指の腹で犯しながら、厚くなった下の花弁を人差し指でなぞった。

「あぁっ……あっ……」

また、身体が痺《しび》れる。触れられる部分が増えると、さざ波のように痺れが大きく波打つ。重なる

快感に震え、アイーダは腰が抜ける。踏ん張れなくなった足が水の中に漂い、上体がずり落ちていく。そして、陰唇を嬲《なぶ》っていた固い指先が滑り、柔らかな粘膜へと突き刺さった。

「ああっあっ」

鋭い異物感にアイーダは、震えあがった。受け入れることをまだ知らないそこを、侵入した指は容赦なく引っかいた。

「言え。お前は、真にただの踊り子か」

「や、めて。わたし、何も」

「なぜ、この紋章を知っている」

「昔、本で読んでっ。ああっ！」

散々揉み潰されて敏感になった左の乳房も、弄られたその先端も固く尖《とが》りきっていた。触れられただけで、じりじりとした痛みに胸が震える。

「偽りを申すな。そんな書物は存在せぬ」

「んっんん」

ヘサームの執拗《しつよう》な責めは激しさを増すばかりで、心までも捥ぎとられてしまいそうだ。

(でも、本当に)

図書館で懐かしくなって借りたアラビアン・ナイトの本。挿絵に六芒星《ろくぼうせい》の紋章が描かれていた。

この図形自体、珍しいものでもないはずだ。

「はっ、やめてっ。んっ、ああっ」

「強情だな」

水中で音が聞こえなくても、くちゅくちゅと膣内《ちつない》の粘膜が動いているのが分かった。

熱い蜜が清らかな聖泉へと流れていく。

「やっあっんっ。やめて」

生理的な涙があふれる。知らない感覚が、ぞくり腰から湧き上がる。

（怖いっ）

「何が狙いだ」

「違うっ。わたしは」

膣の中を長い指で抉られる。なんとか逃げようと前のめりな姿勢になる。お尻が突き出す形になって、固いものにぶつかった瞬間、それがヘサームの欲だと分かって、アイーダは青ざめる。

いやな予感が全身をかけめぐった。それを肯定するかのように、熱の楔は尻をなぞり、アイーダの身体のまんなかへと滑ってきて、蜜口に辿り着いた。

「いっ、いやぁ」

逃げなきゃ、逃げなきゃとアイーダはもがいた。ばしゃばしゃと大きく水面が跳ねる。しかし、筋肉質の腕には、無駄でしかなかった。

「あッ！」

つぷ、と音がした気がした。ぞわっと皮膚があわだつ。

「だめっ！　やめて！」

腰を抱え込みながらも、引き寄せながら、また片手で揺れる乳房を掬われる。

「んんっ」

その間にも、ヘサームは容赦なくアイーダの蜜壺に欲身を突き立てた。

「ひっ、あああっ！　いた、いっ。ひぐっ」

みしり、と音がしそうな質量。ぱんぱんになっていて、いったい何が詰まればこんなに硬くて太くなるのか。同じ身体の一部とは思えない。何かが突き破られる感覚が背筋を震わせた。

「お願い、やめてっ」

もう、どうして責められているのかすら、分からなくなっていた。理由よりも、今ヘサームがしている行為を、とにかくやめてほしかった。

「おまえのここは続けろといっているが？」

「しゃ、しゃべってなんかいないでしょう。んぁあん」

「こちらの口は強情だな」

指がやわな乳房に食い込み、乳首をぐりぐりと嬲っていく。ときおり肉芽をつまみあげ、引っ張る。同時に三ヶ所を嬲られ、アイーダは身悶えた。その間にも、膣には無理やり押し広げられる痛さが広がる。

「痛いっ。やめて、おねがい、やめて」

「痛めつけなければ、意味がない」

もう、泣くことしか出来なかった。蜜窟の最奥へと鋭い肉剣が刺さっていく。蜜洞と肉筒が擦れるたびに、痛みが走って涙がこぼれた。

「はっ。きついな、おまえの中は」

アイーダは震えながら、歯を食いしばった。アイーダの身体を抱えながら、ヘサームは腰を動かす。

「あっ」

「正直に吐かねば、やめぬぞ」

「そんな……。わたしは、本当に何も。ああッ！」

ゆっくりと抜き挿しが繰り返される。すると、痛みの中に小さな快感が生まれて徐々に大きくなってきた。ヘサームの動きは言葉とは裏腹に優しい。痛みが薄れてきたところでヘサームの抽挿が激しくなってきた。ヘサームは何度もアイータの膣窟を角度を変えて突き上げる。身体が揺さぶられるたびに、水面も荒々しく跳ねあがった。片手で胸と陰芽をこねられて痛みと快感がごちゃまぜになっていく。身体が揺さぶられる中、お腹の底で硬いものが膨らんだ。本能的に危機感を感じ、アイーダは叫んだ。

「やっ！　だめぇっ！　あああ！」

瞬間、熱い液体が蜜窟の奥へと放たれた。

「あっ……、は、あ」

(お腹の奥がすごく熱い)

どろりとした白濁が膣壁を伝う。ひどくだるいのに、身体も気持ちも不思議なほどに満たされている。静かになった水面が揺りかごみたいで、眠気を誘われる。瞼が落ちきる寸前、再び中に包まれた熱塊が膨らむのを感じた。

「んっ」

イったばかりで敏感になっている蜜壺が再び与えられる快感を予測して震える。

「まだ物足りぬようだな」

ヘサームの熱い吐息がうなじにかかって、アイーダの身体は小さく跳ねた。

「んあ、あっあああっあっ」

気持ちのいいところを鋭い剣で擦られて、快感が上塗りされていく。アイーダは無意識に腰を動かして、ヘサームの熱を自分の好きなところへと誘導していた。

「もっと強くしたほうがいいのか？」

誘うような声に、アイーダは素直に答えてしまう。

「今の、とこを、もっと突い、てほしい」

「たった今まで嫌だと泣いていた奴がもうねだっている」

「あなたこそ、わたしを詰問するためにやっているんでしょ！　なのに」

そこまで言いかけてアイーダは口をつぐんだ。恥ずかしくて最後まで言える訳がない。

「なのに、どうした？」

濡れた首筋を舐めながらヘサームが愉快そうに言う。きっと口元で笑っている。そんな気配を感じていた。

「もう、わたしが答えられることはないわ。これ以上責められたって、ああんっ」

止まっていた律動が再開される。

「あっあっああっはあっ！　んっんああっ」

一番弱い部分を抉られる。痛みがなくなった今、アイーダの膣内は快感の嵐になっていた。

「あっんっああああああ――!!」

腰を強く引かれ、更に身体が密着する。互いの性器がこすれて快感が生まれ続ける。

(どうして？)

これは、言わば拷問として始まったはずの行為だ。いつのまにか、どこまでも気持ちよさを得るためだけのものに変わっている。乳房を揉み上げるヘサームの手も、適度に力を込めるものになっている。尖り切った乳首を弄る指でさえ心地よい痛みだ。

「んうっ、あっあっあっああっ」

「いい声だ。おまえのここは、よくしゃぶりつくな」

「ひゃっ」

ヘサームの指が、繋ぎ目をなぞる。深く繋がっていることを認識させられて、蜜壺がきゅっとなった。

「あなたこそ、荒々しくて。あっああっ」

乳房と中心の蜜窟、二つの弱い部分を犯されながら、必死に言葉を発した。

「あのとき、話したことが……、すべてよ」

ヘサームは目を見開く。アイーダを嬲っていた手の力が弱まり、熟れた蜜肉を抉っていた自身も引き抜かれる。

「はぁ、はぁ」

喘《あえ》ぎ続けていたせいで呼吸が苦しかった。

「はぁっ。はぁ、きゃっ」

腰を回され、ヘサームと向き合う形になった。反射的に彼の胸板に両手をついた。背中越しに感じていた、固くしっかりとした広い胸は男性を意識させる。

「あっ」

彼の身体中に残る生々しい鞭打ちの痕が目に入り、胸が鋭く痛んだ。

「ごめんなさい」

(たった今まで、この人にひどいことをされてたのに)

自分でも不思議だった。ヘサームはうなだれるアイーダを見つめていたが、すぐさま不敵な笑みを口元に浮かべた。

「やっと身体と同じように素直になったな」

アイーダの顎に手をやり、唇を奪う。

「――んっ」

もう何度目だろうか。この男に唇を奪われるのは。甘ったるい香りが胸に広がっていく。するりと差し入れられた王の舌に自分の舌を絡められ、また弄ばれる。

（嫌なのに）

抵抗できない。抗おうとしても抗えない。惑わされながら、アイーダは目を閉じた。ふたりの聖泉での営みは、愛し合う男女のそれにしか見えなかった。

（どうしよう……。あんなことをされたのに。どうして責めなかったの）

一人、部屋で反芻《はんすう》する。とまどいながらも頭の隅で、このまま続けばいいのにと願っていた。

「っ……」

自分の考えたことに驚きを隠せない。

（あんな女ったらしの淫乱男。わたしだって大勢いる女の人たちの、ひとりでしかないんだから）

結局は、捨てられる果実なのだ。

「あの人は、わたしのこういう反応を面白がっているだけなんだから」

自嘲気味に口にした言葉は、虚しく響いた。

「髪よし、イヤリングよし。ネックレスよし、ブレスレットよし。チェーンベルトよし。アンクレットよし」

さっきから、何度姿見の前で同じことを繰り返しているのか。舞台衣装に身を包んだアイーダは、入念に全身の確認をしていた。仕事に向かうのを先延ばしにする悪あがきでしかないのだが。久しぶりの舞台に緊張するのも、もちろんある。しかし、それよりも舞台越しにヘサームと会うことにとまどっていた。彼はなぜ、突然乱暴に身体を弄《もてあそ》んだのだろうか。疑問が脳内をぐるぐるしていたが、もう一つ気にかかることがあった。ヘサームのけがは、もういいのだろうか。聖泉で抱かれたときも。傷は相当ひどかった。褐色の滑らかな肌からあふれ出る鮮血が痛々しかった。思い出しただけでも胸が痛くなる。ヘサームのことが気になってしかたがなかった。姿見には、眉が下がった萎れた表情の自分がこちらを見ている。胸を揉みあげることに慣れた手、咎《とが》める指。身体の中心の蜜壺を嬲《なぶ》った彼自身。聖泉で彼から与えられたものが鮮明に思い出され、一気に熱が巡る。アイーダは、ぶんぶんと頭を振り邪念を払おうとする。大きく深呼吸をし、新鮮な空気を胸に取り込む。

(今は、仕事に集中しなきゃ)

意を決して踊り子の顔を作り、扉を開けた。

大広間では、今宵も各国の要人が集い、シェラカンドの名産を使用した絢爛《けんらん》豪華な料理に舌鼓を打っていた。

「ようやく宵の翠玉の舞が拝めますなぁ」

「あの踊り子の美しさは格別ですからな」

やはりアイーダ目当ての客は多い。しかし、舞台裏で一座は大混乱に陥っていた。

「アイーダは一体どうしたんだい。もうすぐ始まるんだぞ。再開後の初舞台だって言うのに。カリーブのときといい、ああもう」

座長は混乱しながら、その場を行ったり来たりしていた。

「部屋を見てきたけど、いないわ」

「どうするのよ、わたしたちだけじゃどうにも。ジャスミンが抜けて、ただでさえ陣形変わってるのに」

「宵の翠玉だからって、ちょっとのぼせてんじゃないのあの子」

「カリーブのときだって、舞台で座り込んで休んでたじゃない」

踊り子のひとりが、ぽつりと呟《つぶや》くとアイーダへの批判が飛び交い始めた。

「この間も練習時間をずらして。大体、舞台が中止になったのだってあの子が失敗なんかするから」

「ヘサーム王に目をかけてもらってるからって」

そのとき、

「言っていいことと悪いことがあるわよ、みんな休みが取れて喜んでいたわよね。都合が悪くなるとアイーダを責めるの？」

タラーイェが一喝するが、不測の事態に踊り子たちも、おろおろするばかりだ。

「つ、じゃあ、どうすればいいのよっ！」

不安の元凶であるアイーダへの不満を爆発させていた。

「お待たせしました」

その声に全員の視線が一斉に向く。

しかし、現れたのは舞台衣装に身を包み、長い付け睫毛《まつげ》をつけ、念入りな化粧をしたジャスミンだった。

「なんだねジャスミン。何日も舞台をすっぽかして、いまさら」

舞台表にも聞こえそうなほどの、座長の怒号が飛んだ。

「申し訳ありません。もう一度だけ機会をください、座長」

深々と頭を下げ、ジャスミンは懇願する。

「座長。アイーダがどこにいるか分からないんだし、群舞はひとりでも多いほうが」

「ジャスミンに入ってもらったほうがいいわよ。もう時間ないし」

救世主でも現れたように、踊り子たちはジャスミンをかばいたてた。

腕組みをしながら、唸《うな》る座長が口を開く。

「仕方ない。ジャスミン、今回だけだよ。次はないからね」

「ありがとうございます。アイーダがいない分は、あたしたちで盛り上げるわよォッ!!」

ジャスミンは踊り子のほうへくるっと向き直り、潑剌《はつらつ》とした声で言い放つ。その声に志気が下がっていた一同も奮起した。

「おや？　宵の翠玉の姿が見えんようだが？」

「アイーダがおらねば来たかいがないぞ」

観客たちが俄《にわ》かにざわつく。群舞が始まりしばらく経つが、いまだアイーダの単独の舞は披露されない。

ヘサームは、私室の寝椅子の上で、少々苛立っていた。あの踊り子が、これから男どもに肌を晒して舞うかと思うと、言い知れぬ不快感やどす黒い感情が渦巻くのだ。

(何を考えている。私は)

愚かしい。あれだって、単なる女。今まで食い漁ってきた果実と、何ら変わらない。

確かに美しいとは思っている、魅力的だとも思っている、しかしそれだけだ。枝に実る、数多の果実。一口味わえば十分だ。だが、自らの奥底で何かが蠢《うごめ》く。彼女は宴のために呼んだ。それは紛れもない事実。あれほどの踊り子ならば、女の柔肌目当ての輩には最適な餌だ。ヘサームは、杯の葡萄酒を一気に飲み干した。迷いは酒で流してしまえばいい。空の杯を突き出すが、召し使いは注ごうとしない。薄茶の髪に黄色い瞳の少年は、ヘサームに耳打ちをした。

「あっ！」

目隠しをされ、数人に引きずられるように連れて来られた。香水みたいな匂いがしたから女性だと思った。突き飛ばされ、アイーダは倒れ込んだ。暗くて、埃っぽい。踊り子の衣装のせいで、肌の露出部分にざらつく感触がへばりついた。起き上がろうとすると、腰のあたりに誰かが馬乗りになってきた。

「うっ」

頭も手足も押さえられ、床に押し付けられる。そして、複数の灯りを眼前へと近づけられた。

「どこから裂いてやろうかしら」

ぶっそうな言葉と、棘のある物言い。貴族女性たちだ。アイーダは数人の女たちに囲まれていた。女たちの手には、一様に鋭い凶器が握られている。

「ヘサーム様の美しい肌に、傷を付けて」

その言葉に、胸がずきりと痛んだ。

「その報いを受けてもらうわ」

髪が引っぱられる。

「やめてっ！」

何をされるか分かり、アイーダは悲鳴を上げた。何本もの手が髪を鷲掴《わしづか》み、無残にも髪が切り落された。切り離されるたびに、心を切られているように錯覚した。痛くて、痛くてアイーダは呻《うめ》いた。

「人前で踊れなくしてやる」

「ヘサーム様の前に晒せない肌にしてやるわ」

「ヘサーム様をものにしようなんて、踊り子の分際で」

「わたしは、陛下とは、何もっ」

アイーダは震えながら声を上げた。何度かキスされて、抱かれた。だが、それだけだ。

「カービド様に入れ込んでいる踊り子が言っていたわ！　あんたは、羊の皮を被ったとんでもない女だって。無垢であることを餌にして、殿方を垂らし込んでいるってね。ヘサーム様を虜《とりこ》にして、王妃の座を得ようとしていると」

（ジャスミン――！）

アイーダの肌に、嫉妬の刃が振りかざされた。恐怖が背筋を走り思考が停止する。

（助けて）

脳裏にルビーとサファイアの瞳を持った精悍な男の顔が浮かぶ。

突如、地響きのような轟音《ごうおん》が地下から突き上がり、空間が激震する。女たちは立っていられず、その場に尻餅をついたり、壁や床にへばり付いた。

「な、何!?」

アイーダと女たちの間の床が大きく裂け、漆黒の煙が立ち上がりマリッドがその姿を現した。

「ああっ！　お、王の怒りに触れた」

女たちが叫び声を上げる。あちこちから声が響く。

「私の所有物に傷を付けるか」

威厳に満ちた声が女たちの悲鳴をさえぎる。

「ヘサーム様」

「わたくしたちはっ」

女たちはヘサーム王に縋《すが》るように言い訳を探すが、膝はがくがくし、さっきまでせせら笑っていた顔は、表情を失って蒼白《そうはく》になっていた。

「ジン、こいつらを家へ戻せ」

ヘサームが言葉を発するや否やジンが現れ、あっというまに女たちを連れ去った。それを一瞥《いちべつ》すると王はアイーダのほうへ身を向けた。ヘサームはアイーダに近づくと目かくしを取った。

「……」

ショックで言葉がない。押さえつけられていた手足が痛かった。

(嘘《うそ》でしょ、ジャスミン)

ぼろぼろと涙が雨粒のようにこぼれ落ちる。

「おまえは、もっと自分の立場をよく考えろ。美しい容貌と純真な心は、邪《よこしま》なものには不快にしか映らん」

「――……っ」

声を出して泣いた。胸にある痛み全部を押し出すように。ふわりと温かさに包まれる。逞しい王の腕に、折れてしまいそうな心は抱かれていた。ヘサームは何も言わず、アイーダの髪を撫でた。ざんばらに切られた白金の髪が痛々しい。

(安心する。すごく)

知らぬ間にくすぶっていた淡い感情が、輪郭を帯びた。

(……好き。好き)

アイーダは心の中で何度も繰り返した。

「もう泣き止んだな」

頭にヘサームの声が落ちる。甘く香る温もりが離れた。アイーダは淋《さび》しく感じながら、床に手を着いて立ち上がろうとしたが踏ん張りがきかない。すると、脇と膝裏に手が差し入れられヘサームに抱き上げられた。

「あの」

「腰が抜けて立てぬのだろう」

ヘサームは、ぶっきらぼうに言うとアイーダを抱いてその場を後にした。

(もしかして、また連れ込まれるの?)

腕の中で揺られている間、アイーダの鼓動は高鳴り続けていた。だが、辿《たど》り着いたのは自分の部屋の前だった。

「鍵を出せ。太ももの帯に巻き付けてあるのだろう」

少し残念な気分でいると、鍵のことを言われアイーダは狼狽《うろた》えた。

「早くしろ」

有無を言わさず命令される。アイーダは躊躇《ちゅうちょ》しつつスカートの裾を捲《まく》り上げ、鍵を取り出した。緩やかな曲線の脚が露《あらわ》になる。ヘサームの視線を感じたアイーダは赤くなりうつむいた。抱えられたまま、部屋の鍵を開けると、開ききったドアから入るランプの明かりで室内が照らされる。ヘサームはアイーダをベッドに降ろすと、踵《きびす》を返した。萎《しぼ》んでいた気持ちから淋しさが芽を出す。思わずヘサームの長衣の裾を摑んでいた。

「お願いです。少しだけでいいから、抱きしめてもらえませんか？　震えが止まらなくて。恐怖が、身体から飛び出しそうで」

また、くだらないと一蹴されるだろうか。うつむいていると、衣擦れの音と、甘い香りが近づいてきた。アイーダは与えられる温もりにしがみついた。

「あ、おつかれさまです。鈴木さん」

「佐藤さん、おつかれさまです」

（ここは）

無機質なカタカタと言う軽い入力音。忙《せわ》しなくＰＣに向かい作業を進める人たちの姿があった。自分の座っている席にもＰＣと仕事用のファイルが置かれている。

（なんだ、やっぱり夢だったんだ。やたらとリアルで疲れる夢だったな）

「鈴木くん、ワルド社に書類を受け取りに行ってくれ」

「あ、はい」

課長に言われて椅子から立ち上がった。


（あれ、こんなこと、前にもあったような）

そう思った刹那、景色が歪み、目の前が真っ暗になっていく。無機質な機械音も、周囲の人の声もぶれてゆく。アイーダは、うっすらと目を開ける。少し期待があった。視界に広がったのは、石の白い天井だった。

「アイーダ、入っていいかしら」

静かな扉を叩く音と、タラーイェの声がした。

「うん、ちょっと待って」

アイーダがベッドから起き上がると、鏡台にざんばら髪の自分が映った。切られた部分は思っていたよりも少なく長さも残っていたが、みじめさはつのった。扉が開くなり、サナが抱きついてきた。

「アイーダ〜」

「ありがとう」

「座長から昨晩のことを聞いたのよ。スープを持ってきたわ」

「サナ、いつまでもしがみついていないで絨毯を敷いて」

タラーイェが食卓を持ち、部屋に入る。

「ジャスミンなんか大嫌い〜。ひどすぎるよ〜」

サナは、泣き顔のままアイーダから離れると、絨毯を敷き始めた。

「アイーダ、無理はしなくていいから、少し身体に入れたほうがいいわ」

戸口に立ち尽くしていると、タラーイェに呼ばれた。アイーダは食卓の置かれた絨毯に腰を下ろした。あまり食べたくはないが、スプーンを握りひと口飲んだ。温かい水分に気分が和らぐ。

「座長が二、三日は休養するように言ってたわ。その後は出られそうなら稽古に出るようにって。アイーダ、よければ私が髪を整えるわよ。必要になったら言ってちょうだい」

「ありがとう」

「まったくひどいことするわね。今までよりも少し短くなるけれど、きれいに仕上げるわ」

「タラに任せとけば、大丈夫だよ」

サナは自分の髪をつまんで見せ胸を張る。

「あなたの髪を七日に一度整えるのは大変なのよ」

タラーイェが溜息交じりに突っこんだ。サナの常時毛先の揃《そろ》った髪型はタラーイェの技術の賜物《たまもの》だった。

「あの、ジャスミンは」

聞きづらかったが、アイーダは二人に訊ねた。間を置かず、タラーイェが口を開く。

「ジャスミンは、追放命令が下ったわ」

「えっ」

「昨日の夜のうちに、王宮から出ていったよ」

アイーダの心に喪失感が広がる。ジャスミンと和解出来なかった後悔が、鈍い痛みを落とした。


それ以来、まったくと言っていいほど、アイーダとヘサームの接点はなかった。元々期限付きで王宮に逗留《とうりゅう》している一座の踊り子と大国の王。本来の状態に戻っただけだ。だが、自覚してしまった想いを、ひと月以上前に戻すことは出来なかった。

第六章
傷ついた果実は手を求める

アイーダの心は砕け散ったガラスのようだった。その欠片を繋《つな》ぎとめているのは踊り子としての、仕事に対する使命感しかない。

「アイーダ、少し休みなさい」

薄絹を手に練習していると、タラーイェが話しかけてきた。

「もうジャスミンのことは、気にしてはだめよ」

「そうよ、アイーダは悪くないわ」

他の踊り子たちも心配そうに声をかける。皆、曇りがちになったアイーダの舞はジャスミンの件が元凶だと思っていた。

「そうとも言い切れないわ」

他のものを滅茶苦茶にしたってヘサームを独占したいという想いに囚われる。今なら、ジャスミンの気持ちが、少し分かる気がする。

「もお〜、アイーダってお人好し」

サナが背後からアイーダに抱きついた。

「何も知らなかっただけよ」

アイーダは目を伏せた。こんなにも報われない思いがつらいって、知らなかった。知りたくもなかった。

相変わらずの酒池肉林の宴。舞台袖で仲間たちの群舞を見守りながら、アイーダは自分の出番が永遠に来ないことを祈った。舞台に出れば否応なしにヘサームと顔を合わせることになる。いやらしい男共の目に晒《さら》されるのが嫌で、踊るのが苦痛になったこともあった。でも、今はそんなことよりも、好きな人と会うのが怖くて仕方なかった。

(会いたいけど、会いたくない)

非情にも時間は過ぎ去り、暗闇で立ちすくむ時間は終わりを告げる。薄絹を手に戦場に向かう気持ちで舞台へと踏み出した。舞台袖に戻る群舞と入れ替わりにひとり、舞い出でる。何度も繰り返してきたことなのに、今夜ほど不安に襲われることはなかった。ランプの下、一歩足を踏み入れたとたん、男たちの視線と声がアイーダの全身にまとわりついた。その中で舞いながら、アイーダはヘサームが座る場所へと目を向けた。傍らには召使の姿。しかし、いつもの射抜くような、その鋭い双眸《そうぼう》は瞼《まぶた》が閉じられ、一瞬たりとも自分の姿を追うことはなかった。

(痛い)

胸が痛みを訴える。まるで全身に痛みが回っているような錯覚さえ起こす。少しでも気をそらせば倒れてしまう。必死になって理性で心を繋ぎ、自分の役目を果たす。薄氷の上を歩く少女のような危うさで、触れたら消えてしまいそうな儚《はかな》さと憂いを帯びた浮かべたアイーダの舞。終幕の群舞との共演の間もヘサーム王は一切瞼を開けることはなかった。もう、自分が踊っているのかどうかすら、分からなくなってくる。

ぐらつく足は底なし沼にとられているかのよう。宙を舞う絹の膜は、あやふやな空間を彷徨《さまよ》っているみたいだ。心をどこかへ飛ばさないと砕けてしまう。これまで踊り続けてきた感覚だけで、舞台を終わらせた。舞台袖に戻った瞬間、アイーダは膝から崩れた。

「アイーダ？」

脚に力が入らない。よく分からない感情に心が悲鳴を上げる。

（胸が痛い。すごく、痛い）

嗚咽《おえつ》するアイーダに仲間たちは困惑しながらも、とにかく全員で慰めた。

貴賓たちは踊り子たちの余興に、満足そうな声を漏らしている。客人をよそに、寝椅子で寛ぐヘサーム王の元へ大臣であるファティが耳打ちする。

「モルテザ様が、ぜひとも葡萄《ぶどう》酒と絹物を輸入したいと申されております」

「そうか」

「アイーダ殿ですが」

ファティはためらいがちに口にした。

「なんだ」

「今宵の舞は、別人のように華のないものでした。王宮で舞い始めた当初も、そのきらいがありましたが」

ヘサーム王はその双眸を薄く開けた。夢心地になった客人たちは、次々とヘサーム王からの取引条件を了承したり、予定外の品を輸入したいと言い出す。

いつものように自国の産物で釣り上げた客人。

いつものように自分の計画通りに進む国同士の取引。

しかし、王の心は言いようのない虚しさに支配されていた。


ランプの光に染まる部屋で、ベッドの中、何度も寝返りを打つ。薬師に、薬を頼もうかとも考えるが、深夜部屋の外には出たくない。いつどこでヘサームに抱かれる女たちの喘《あえ》ぎ声を聞くかも分からない。ここ数日、ずっと布団にくるまって、うとうとしては目を覚ますのを繰り返していた。

「アイーダ殿、まだ起きておいでですか？」

「はい」

不意に部屋の扉を叩《たた》く音がしたら、ファティの声が聞こえてきた。アイーダはベッドから起き上がり、ふらふらと扉へ近づいた。

「アイーダ殿。よろしければこちらを服用なさってください」

ファティの手には、液体の入った銀の杯を乗せた食卓があった。一瞬、胸が疼《うず》いた。

「先刻の舞、ただならぬ様子でしたので」

とたんに、膨らんだ気持ちは萎《しぼ》んでいく。ヘサームはずっと目を閉じていた。自分の様子を知るはずもない。

（あの人の訳ないのに）

「主でなくて、申し訳ありません」

「いえ、そんな。こちらこそご心配をおかけして申し訳ありません。ありがとうございます」

「ここに置いておきますので」

ファティは、軽く微笑むと枕元の鏡台へ食卓を運んだ。アイーダは、せっかくの気遣いを踏みにじった自分に嫌気が差した。人を愛してしまうとまわりが見えなくなってしまう。カービドを求めていたジャスミンの姿が今の自分と重なる。ベッドに戻ろうと足を踏み出したら、がくり、膝から落ちてしまった。

「アイーダ殿」

異変に気付いたファティが駆け寄り、アイーダを抱きかかえ、ベッドの上へと横たえた。

「医師を呼んでまいります」

足音が遠ざかる。このまま消えてなくなりたいと、アイーダは願った。


アイーダが眠れぬ夜を過ごす間も、ヘサームは変わらず一夜限りの欲と快楽を貪っていた。だが、どんなに自身の固く膨らみきった欲を女の柔な蜜壺に突き立てても、渇きは満たされない。飢え切った猛獣は潤いを求め狂っていた。

「ねぇ、聞いた？　ヘサーム王、最近滅茶苦茶激しいんだって。元々激しかったけど、最近は一晩に四人も五人もやってるらしいわ」

「夜だけじゃなくて昼間も手当たり次第だって」

踊り子たちから聞こえてくるヘサームの様子。日常のことなのに彼の話だけは、しっかり聞き取れてしまう。また胸の傷が疼く。かさぶたになった傷は無理やりはがされ、何度も血が滴る。

「やめて！」

アイーダの怒鳴り声に、全員が静まり返った。

「……ごめんなさい」

「ああ、いいっていいって。ちょっと休もう」

誰からともなく休憩に入り出す。アイーダは柱にもたれ腰を下ろした。八つ当たりなんかしてどうするのか。アイーダとヘサームのことは、一座の誰も知らないのだから。

「本気で落ちてしまったみたいね」

タラーイェが、微笑みながら話しかけてくる。

「ずっと木から落ちないで必死になってても、膨らんだ想いによって、いつかは誰かの手に落ちてしまう。それが木になってしまった果実の宿命。捥《も》がれてひと口かじられてはまた別の手へ。最後まで、食べ続ける奴はいやしない。ならば地に落ちて朽ちてしまえばいい」

「それは？」

「詳しくは知らないけれど、果実の詩を皮肉った返歌らしいわ。快楽だけで満足できれば良いけれど、満足出来ずにもっと言葉では言い表せない別のものを欲しくなる。でも、そんなものは夢幻《ゆめ》……。アイーダは、あると思うかしら」

「分からない。あると思うけど。わたしは、受け取ってはもらえない」

「でも、それを求めているんでしょう。陛下に」

図星を指されて、アイーダは狼狽《ろうばい》する。タラーイェが、楽しそうに笑みを深めた。

「ちがっ」

「あらあら、的が外れていたかしら」

タラーイェは、眉を上げてみせる。

「陛下は、身分の高い女性しか相手にしていないじゃない」

「アイーダ。男と女なんて交わってしまえばそんなものよ。生まれたままの姿になれば、身分なんて意味ないわ」

「いいの。最初から叶《かな》わないいなら、身分で隔てられたほうが……まだいいわ。あきらめがつくもの」

言葉は、簡単に嘘《うそ》を吐ける。心もそのくらい簡単に変えられたら、どんなに楽なんだろうか。苦しくて、苦くて、痛い。忘れたいもの。この世界にアイーダとして生まれ育った時の記憶がないように。ここへ来た記憶を全部忘れることが出来たら、ヘサームとの記憶がすべて消せるなら、どんなに楽になれるんだろう。

「うっ」

分っているのに、また泣きだしてしまう。タラーイェがアイーダの背中を優しくさすってくれた。

昼食後、調薬室へと向かう途中、貴族の女と部屋の中に入っていくヘサームの姿が目に飛び込んできた。

アイーダは何かにはじかれたように、無意識のまま走り出し、ヘサームが消えた部屋の扉を開けていた。中ではベッドで前戯をする彼と女の姿。女の服は乱れヘサームの手が隠された肌を探っていた。

「随分と不粋な真似をするな」

冷たい声がアイーダに向けられる。

「なんの真似よ！　踊り子風情がっ!!」

情事に及ぼうとした矢先に水を差され、女は金切声をあげる。アイーダはローブを脱ぎ捨てた。

「陛下、わたしを抱いてください。果たしてわたしがその貴族令嬢に劣るかどうか、陛下ご自身がお確かめになってください」

「なっ、なんと無礼な。この私を侮辱して……」

「もうよい、下がれ」

「そうよ。出ておいき」

「下がるのは、おまえだ」

「陛下っ!?　何故、私が」

貴族令嬢は、思わぬ王の言葉に驚きの声を上げヘサームの腕に縋《すが》りついた。

「下がれ、と言っている」

王はそんな女の腕をにべもなく振りほどき、感情のない声を放った。女は身震いをすると乱れた服のままベッドを降り、アイーダを睨みつけながら足早に部屋を出ていった。沈黙と威圧感が空間を支配する。その空気に怯えつつも、アイーダは立ったまま姿勢を保っていた。冷たい表情を浮かべたヘサームの顔が近づく。鋭い鮮紅色と青紫色の双眸《そうぼう》は狂気を孕《はら》んでいた。どくどくと鼓動を打つ心臓が痛い。胸元を握る手に力がこもる。

「私の愉しみを邪魔した代償を払う覚悟は、あるんだろうな」

怒りを滲《にじ》ませるヘサームに恐怖しつつも、アイーダは告げた。

「ご自由に、なさってください」

怖くて言葉が震える。ヘサームはアイーダの力ない身体をベッドに放り、その上に覆い被さった。

（もう壊れてしまったのと同じだもの）

首ひもを乱暴に解かれ、震える胸が曝《さら》される。覚悟はしたはずなのに恐怖が湧いてくる。ぎゅうっと目を瞑《つぶ》り、ヘサームにすべてを委ねた。ヘサームの顔が自分の胸に近づく気配がする。ぱら、と烏羽玉《うばたま》の髪が胸に落ち、鋭く微細な先端が肌に刺さる。与えられる感触を覚悟しながら、その瞬間を待った。

「陛下？」

しかし、その瞬間はやってこない。目を開けると自分の胸から顔を放すヘサームの姿が見える。下げられた上衣と首ひもを元に戻され、背を向けられた。

「下がれ」

「どうしてっ……？　誰だって構わないのでしょう。だったら、わたしだって」

起き上がりヘサームに食ってかかった。しかし、ヘサームは背を向けたまま一切答えない。

傷ついた果実は地に堕ちた。胸の中がぐちゃくちゃになり、おかしくなりそうだ。

「――嫌い」

ぽつり。ばらばらに砕けてしまった心は、そんな言の葉を零した。

「あなたなんか、大嫌いっ、大嫌い」

崩れ落ちそうな身体と心を引きずり、立ち去ろうとすると後ろ手を掴まれ、引き戻される。

「いやぁっ!! はなして、嫌い……。大嫌い!! ん……っ」

泣き叫ぶ唇を塞がれる。

「んっ……。んんっ――!!」

そんな思いすら、熱い唇に飲み込まれてしまいそうだった。唇が密着する。乾ききった喉に、ヘサームの唾液が落ちていく。

飲み込みたくないのに、自然と嚥下してしまう。がむしゃらに拳で叩《たた》いても、びくともしない胸板。憎い唇は荒々しくとも甘く優しい。体の力が抜けていく。抗っていた腕もおとなしくだらんと下がっていった。長い口づけの後、ヘサームの唇がゆっくりと離れた。

「はっ、……っ」

唇に残る麝香《ムスク》と熱。アイーダは口元を指で押さえて顔をそむけうつむいた。

「離してっ」

残った意地を振り絞り声を発する。こんなことで、ぐらつきたくなんかない。縋《すが》りたくなんかない。アイーダの声に反して、ヘサームはさらに強くアイーダを抱きしめる。

「いやっ。離して!!　あなたなんか」

「もう言うな」

ヘサームの悲痛な声に、アイーダの喉がびくりと止まった。

「頼むから……。もう、言わないでくれ」

もう、訳が分からない。軋《きし》む音がしそうなほど、ヘサームはアイーダの身体を抱き締めた。心も身体も締め付けられる。痛くて悲しくてすべてがぐずぐずに溶けてしまいそうだった。

第七章 傷口が垂らすのは甘い蜜

『頼むから……。もう、言わないでくれ』

消え入りそうな声が耳にこびり付いて離れない。彼の香りと優しい指先、あたたかい胸が欲しくてしょうがなかった。

「おおっ!! いいよアイーダ」

座長の感嘆の声と拍手が割れんばかりに響く。

「じゃあ、そろそろ休憩にしようかね」

「いいえ、大丈夫です」

「朝から、ぶっ通しじゃないか。少し休まないと、今夜の宴まで体がもたないよ」

「もう少ししたら、休みます」

踊り子や楽師たちが床に座り休息を取る中、アイーダは一人で踊り続けていた。目が覚めるようなジルの音が、中庭に響き渡る。踊り子たちは顔を見合わせた。

「アイーダさ、この頃また雰囲気変わってない?」

「変わったって言うか、なんか踊りかただけ、カリーブの前に戻ったみたい」

「まさか、本当にジンが憑《と》りついてたとか? ここはジンがうろついてる王宮だし、一匹二匹憑りついててもおかしくないかも」

心ここにあらずなのに、アイーダの身体は激しく動き続けていた。

『もう言うな!!』

(なによ)

『頼むから……』

(なによ!!)

『もう、言わないでくれ』

(大嫌い!!)

気持ちが乱れ、アイーダは床に倒れ込みジルの落下音が鳴いた。仲間たちの視線が一気に自分へ向けられる。

「はぁっ、はぁっ」

動きが止まった瞬間、大量の汗が吹き出す。

「ほらほら。アイーダ、疲れが溜《た》まっているんだ。少し休むんだよ」

「はい」

座長に腕を引かれ、迫持柱の下に座らされた。踊りからわずかでも離れると、一気にヘサームの影に囚われてしまう。

(考えたくない。あの人がどうしてあんなことを言ったのか。訳が分からない、考えたくない)

休憩時間が終わり、再び踊る。踊ってさえいれば、身も心も音楽に委ねてしまえば、考えなくてすむ。忘れようとすればするほど、ヘサームの唇、低い声、逞《たくま》しい腕、大きな掌、広い胸。彼を形づくるそのすべてが心に身体にまとわりついてくる。

どうして、わたしをとらえるの？

なんとも思ってないくせに、ひと口齧《かじ》って捨てたくせに。

他の果実の中のひとつでしかないのに。

胸は熱くて蕩《とろ》けてしまいそうな余韻に満ちていくばかりだった。


シェラカンド王として次から次へと、間髪を入れず持ち込まれてくる政《まつりごと》をこなし、名君と謳われるにふさわしい働きをしていた。しかし、その胸中は混乱に陥っていた。

政務から離れれば、脳裏を支配するのはアイーダの泣き顔と、『大嫌い』の言葉。ずきりと胸が痛み、眉を顰《しか》めた。

「ざまぁ、ないな」

自らを嘲るように吐いた。宙に手を伸ばしてアイーダの残像の涙を拭う。今すぐにこの腕に抱きたい。

『大嫌い』

アイーダの泣き叫ぶ声が響く――。涙を拭う指が止まる。

（これまで、さんざん果実を貪ってきた。その報いなのだろうか）

再びの夜。宴の余興に踊り子たちは舞う。群舞が終わり、ジルを手にしたアイーダが大広間の中央に立った。けたたましくジルを打ち鳴らし、松明の灯された暗がりの舞台で、挑発的な眼差しで情熱的に踊る姿。それは激しく燃え盛る炎のようだ。ヘサームの視線を感じながらも、こちらへは目を向けようとすらしない。今までにない強気なアイーダの踊りに観客は酔いしれている。

（あのように、淫らに挑発的に踊り狂う女だったか？）

ヘサームは我が目を疑った。

以前、アイーダが語った前世のものと思しき記憶。土砂降りの中を歩いていた際、気が付くとカリーブの舞台にいたと言う。宵の翠玉と謳われるようになる以前の記憶、アイーダとして生まれ育った記憶がなく、その混乱で踊れなくなったと。今のアイーダの姿は、カリーブの舞台で失態を犯す直前の、宵の翠玉の舞に近い。

（あれは、本当にアイーダなのか……？）

柔らかく美しい光を宿していた瞳は、まがまがしい強烈な輝きを放っている。あんなのは、アイーダではない。

（やめろ――――!!）

ヘサームは、心の中で叫んだ。アイーダが、男共に穢《けが》されているように感じた。だが、そのために自ら呼んだのではないか。宵の翠玉を宴の余興にと。シェラカンドのために。なぜ気付かなかったのだろうか。もとより、アイーダが手中に落ちてくるのをずっと望んでいたのではないか。早く手に入れたくて焦り、木にしがみ付く果実を無理やり捥《も》ぎ、歯を立てた。

アイーダの踊りを見ていたくなかった。自分が一言洩らせば、すぐにでもこの不快極まりない宴も終いとなる。

口を開きかけると心の中で自らを戒めるように問う声がする。すべては国益のため、民のため。この馬鹿げた宴もそのための道具。自分が何者であるかを思い起こされる。シェラカンド国王なのだと。

やがて、ジルの音が止み、アイーダは踊り子たちとともに舞台袖へと消えた。ヘサームは心底安《あん》堵《ど》した。淫靡な下衆どもの視線からアイーダが解放されたのだから。

「いやぁ、評判通り。美しい踊り子ですなぁ、ヘサーム様」

酔いの回った他国の王が浮かれ口調でほざく。アイーダが美しいことなど、知っている。ヘサームは、宵の翠玉への興味が尽きない客人の言葉を無視して、銀の杯を召し使いに突き出した。

舞台を終えたアイーダは、いつものように黒いローブで身体を隠し、部屋へと向かった。部屋に飛び込むと、素の自分が顔を出す。

「ふっ」

涙が頬を伝う。あんなの、自分じゃない。怖くてどうしようもない。でも、ああしていなければ、今すぐ折れてしまいそうだった。

(なのに、どうして)

「アイーダ殿、少々よろしいですか?」

そのとき、扉を叩く音が聞こえた。扉を開けると、悲しげな表情をした大臣のファティが立っていた。アイーダを見た彼の表情は、さらに苦しそうになった。

「今宵の舞も、あなた本来のものではないと思いました」

静かに、胸のうちを探り当てられ、アイーダの視界は歪んだ。

「主のこと、どうかお許しください。アイーダ殿には大変おつらい思いをさせてしまいました。主に代わり、お詫び申し上げます」

ファティは折り畳まれた絹布をアイーダに差し出した。目元を押さえれば、ヘサームとは違う匂いが香る。泣き続けるアイーダを、ファティはただ見守ってくれた。


アイーダは、ベッドに座って何とも言えない複雑な感情をもてあましていた。

部屋の扉が二回軽く叩かれる。背中が伸び、肩が強張った。そろりそろりと立ち上がり、羽織ったローブを握りしめながら、アイーダは扉へと向かった。キイ、と音を立てて扉を開けると。

「用意はいいな」

確認する言葉だが、肯定的な言い回しを相手は発した。

「あ、あの」

肩を竦《すく》めながらアイーダは訊ねるが、答えのないまま肉刺《まめ》だらけの褐色の手に手首を引かれた。

(どういうつもりなの?)

昼間、舞台稽古をしていると、いつもヘサームの傍らにいる小柄な召使がやって来た。

「陛下からの伝言にございます。今宵アイーダ様は私室にて、ご待機ください」

聞き耳を立てていた仲間からの冷やかしに赤面している間に、召使は去ってしまっていた。理由は分からないまま、今に至る訳だ。

ヘサームに手を引かれ、辿《たど》り着いた先は王宮の裏口だった。そして、そこには砂漠ではお馴染《なじ》みの動物が立っていた。

「駱駝《らくだ》？」

まわりには、数人の兵と数頭の駱駝が控えていた。アイーダの右手を握っていた熱が離れていく。一瞬の冷たい淋しさが胸をきゅっとさせた。ヘサームは駱駝の傍らに行くと、いとも簡単に、その長い四肢を折らせて座らせた。

「乗れ、アイーダ」

「えっ」

躊躇《ちゅうちょ》しながら睫毛《まつげ》の長い動物に近づいた。よく人に慣れているらしく、穏やかな表情をしている。

(可愛い)

緊張しながら鞍《くら》の付いた背中にまたがった直後、背中に大きな温もりと香りを感じた。後ろから長い腕が伸びてきて、駱駝の手綱を握る。

ヘサームのかけ声と共に、前に後ろに揺さぶられ酔いそうになる。鍛えられた体幹でバランスを保ったが、急な揺れには驚いた。立ち上がると目線が高く、怖くなる。今度は右に左に揺れながら進み始めた。

一体どこに行くのだろうか。抱きしめられている訳ではないのに、手綱を握る両腕の間という狭い空間で不安と期待が駱駝の動きに合わせて揺られる。どこに視線を置けばよいか分からず、駱駝の首越しに白い砂地を見つめた。

砂漠の直中にあるだけあって、周りは一面、白と青の境界線が延々と続いている。

「いつまで下を見ている」

背後から不機嫌な声が投げかけられた。

「だ、だって、駱駝に乗るの慣れていなくて。それにあの……、今夜も宴があるのに、出歩いていいの？」

「構わん。お前以外にも踊り子はいる。客はファティと召使に任せておけばいい」

（あれ？　いつも傍にいる召使がいない？）

常時、ヘサームの傍に控えている召使の姿が、今はなかった。

「シェラカンドへ来るのにも、駱駝を使っただろう」

「その時だけよ。ほとんど乗ったことがないわ」

「では、これも初めてかもしれないな。上を向け」

ヘサームに言われ、アイーダは頭上を仰いだ。

「っ」

遥《はる》か頭上に、満天の星が広がっていた。幾多の星が宝石のように光り輝いている。遮るものも、邪魔な光も何もない。ただただ、静寂の世界が広がっていた。

「きれい……こんなの初めて」

アイーダは目を輝かせながら星空を見つめた。

「あんな輩の見せたものが、我が国の空と思われては心外だからな」

ルトに誘われたときに見た星空とは比べものにならない。もっと壮観でどこまでも続く本物の星空だ。

「っ」

後ろから抱きしめられていた。胸が高鳴り、彼の匂いと温もりが、じわりと沁《し》みてくる。

「おまえは、無垢《むく》で、珍妙な女だ」

「陛下のお好みでなくて、申し訳ありませんでした」

「いつも予想を裏切ることを言うのだな、おまえは」

なんだが、からかわれているような気がする。アイーダは、少しむっとした。

「この指環は、おまえが指摘した通り、マリッド以下ジンを操る力を有するものだ」

急に、低く声を潜め、ヘサームが耳元で囁《ささや》き出した。

「あの、それってわたしに話していいの？」

アイーダも、声を潜めて返事をする。数日前、聖泉であんなにも無体なことをされた。そのときの膣内が痺《しび》れる感触を思い出し、疼《うず》きと恐怖に身を強張らせた。

「これは、レイジュムの指環だ」

「レイジュム？」

「この世に二つとない代物だ。古より代々シェラカンド王に受け継がれている。おまえは書物で見たと言っていたな」

「うん。でも、そんなに大事なこと、わたしに話しても、いいの……？」

「すでに事実を知っているおまえに、隠したところで無意味だろう。どの道、これは、まだ不完全なものだ」

ヘサームの声色が、沈む。

「不完全？　ジンは操れるんでしょう？」

「拉致されたときの事を覚えているか」

「……ええ」

あまり、思い出したくはない。胸がちくりと痛む。胸元を押さえると、指環の嵌められた片手が、重ねられた。

「ジンは、現れなかっただろう」

そうだった。アイーダもそれが不思議だった。大臣であるファティから、ジンは元来気まぐれで人間を見下していると聞いたけれど。でも、それなら王宮内でだって言うことを聞かないはずだ。

「悠長なことは言っていられんのにな。我が国は、未だに亡命者や移住者が後を絶たん。だから領土を拡大し続ける他ない。幸い、砂漠の中央に位置し、気付かないうちに他国から攻め込まれる恐れはほぼないが。護るにも人間のみの力では限界がある。レイジュムを完全なものとし、ジンの力を借りねば」

常に威厳に満ち溢《あふ》れた彼から洩《も》れた、自嘲気味の言葉に、アイーダは聞き入っていた。

「同じ星の形だけど、違うものだと思う。あなたと捕まったときに話したでしょ。今のわたしになる前に本で見たの。初めて読んだのは小さい頃の絵本で。社会人になってから図書館で訳本を見かけて懐かしくなって。借りたらこの世界とそっくりでショックだったわ」

そこまで話し終えて、アイーダは、はっとなった。ヘサームには、由美子だった頃のことを打ち明けていたから、その感覚で話してしまったけれど、『社会人』や『図書館』『ショック』という言葉は、分かりづらかったのではないだろうか？

「おまえのことだから閨事《ねやごと》の場面が出たとたん、書物を閉じていそうだな」

しかし、ヘサームからは普通に返事があった。そういえば、捕まっていたときも、ヘサームは黙って話を聞いてくれていた。なんの疑問もなく。

「私にも、前世の記憶がある」

「えっ？」

「断片的にしか覚えていないがな。おそらく、おまえがいた場所の記憶と同じものだ」

ヘサームからの思わぬ告白にアイーダは激しく胸が高鳴った。

「本当に？」

「黒髪の女が、私の目の前に座っていた。過日、おまえが話した姿形とよく似ている」

（まさか）

「口惜しいな。マリッドが憑いていなければ、もっと鮮明におまえのことを覚えていられたはずだ」

そう言うと、ヘサームはアイーダを抱く腕を強めた。

「わたしのことを覚えてくれていただけで、うれしい」

マリッドが憑いている影響で前世の記憶は、ほとんど消えてしまっているのに、由美子のことは覚えていてくれた。そのことにアイーダは感動していた。

「わたしを聖泉に落としたのが、マリッドなんでしょう？」

「ああ。あれは、王宮のジンを束ねている」

「わたし、あなたの力になりたい……」

歯牙にもかけてもらえない自分には、出来ることはないのだろうか？　この人の力になりたいと、心から願った。腹部に回された腕に力が込められ、強く後ろへ引き寄せられる。

「あっ」

「しばらく、このままで」

熱を孕《はら》んだ声。アイーダはヘサームの胸に頭を預け、目を閉じた。彼の鼓動と心地よい体温に包まれる。

「どうして？」

こちらの問いには答えてはくれないのに、思わせぶりな甘い疼きだけ、いつも与えられる。はがゆくて、苦しい。

「理由もなく、おまえを腕に抱くと思うのか？」

「だって、胸が痛いのっ。ずっと、ずっと。ヘサームのせいで」

「悪かった」

「大嫌い……」

「好かれるとは思っていない。ただ、お前が愛しいだけだ」

「くだらんって、愚かだって言ったくせに」

「ああ、そうだな」

(ずるい)

さんざんひどいことしたくせに。もう、抜け出せるはずがなかった。アイーダの柔らかい髪に、ヘサームが顔を寄せ口づけた。髪一本一本にも神経が通っているみたいに、どきどきする。抱き締められているだけなのに、心も身体も満たされていると感じる。

大きな白く輝く月に、ふたりの姿はとろけていった。


楽師たちの調べに乗り群舞が披露されるのを、舞台袖で見つめた。舞台衣装で、肌は夜の空気に晒され涼しいはずなのに、昨晩のヘサームの体温が思い出され、身震いして飾りを鳴らす。自分の身体をかき抱いた。

「アイーダ、出番だよ」

小声で座長に叱られ、我に返る。大切な感情を包むように奥底へしまい、舞台に出た。艶やかに舞うアイーダに観客たちは溜息《ためいき》を漏らす。

「また雰囲気が変わったのう」

「最近の強烈な舞とは違うが、以前の舞よりも美しい」

その見た目から女神の翼と呼ばれる薄絹を華麗に操る。今日のアイーダはすべてを包容するかの

ような慈愛に満ちていた。

無意識のうちにいつもヘサームが座っている寝椅子を見やる。いつもみたいに鋭い鮮紅色と青紫色の瞳がこちらを見つめている。相変わらずの萎縮させる視線。他の男たちの視線をなぎ払って、突き刺してくる。そんなに睨《にら》まなくてもいいのにと思い、アイーダはわざと首をヘサームの視線から外すように動かした。薄絹の間からこっそり覗くと、眉間に皺《しわ》が寄っていた。あんな反応もするんだと、可愛く思えてしまう。

踊りに集中しても、感情を意識の底に沈めても、アイーダを包むのはヘサームだ。両腕の翼を大きく広げて、王の眼差しを受け止めながら、宵の翠玉《すいぎょく》は柔らかに舞い続けた。


拍手喝采を浴びた後、アイーダはローブをまとい、部屋へと戻った。そして、扉の隙間に挟まれたものに気付いた。それは煌びやかな薔薇の簪で、引き抜くと手紙のようなものが先端にしばりつけてあった。差出人名は書かれていない。部屋に入り扉に鍵をかけ、中身を確認する。内容を読むなり、アイーダは王宮の外に出た。


「ジャスミンっ!!」

差出人は指定の場所で待っていた。いつも頭頂部でまとめていたくせ毛は下ろしていて、最も神経を使っていた目元の化粧と長い付け睫毛もしていない。

「アイーダ」

静かな印象の彼女はどこか儚げで、それでいて何かを秘めているような印象を受ける。

「この間はひどいこと言ってごめんね。カービド様のことで、頭に血が上ってたの。本当に悪かったわ」

「わたしこそ、ジャスミンのこと分かってあげられなくて、ごめんなさい」

ジャスミンの言葉にアイーダは、嬉《うれ》しくなった。仲直りできたと、また一緒に舞台に立てると、そう思った。

「それで、あなたはやっぱりヘサーム王と？」

「えっ、ジャスミンどうして知ってるの」

「あたしは、追放命令が出てるのよ。ここにいるのが変だとは思わないの？」

一瞬、ジャスミンの目に、あの時と同じ狂気が見えた。

「んぐっ」

背後から、薬を沁み込ませた布で口を塞がれる。

「本当、お人好しの大馬鹿ねェ、アイーダ!!」

罵《ののし》りながら大笑いするジャスミンの顔を見ながらアイーダの意識は暗闇へと落ちていった。

第八章

実は傷ついても――

（まったく、いつのまにあんな素振りをするようになった）

宴の間、ヘサーム王は寝椅子の上で舞台を不快な気分で見つめていた。あきれつつも、可愛く思ってしまうのだから始末に負えない。

ここまで自らの感情が変化するとは夢にも思わなかった。あの、カリーブでの舞台。以前から、ルンマーンの宵の翠玉《すいぎょく》は格別な美しさの踊り子だと、噂《うわさ》が絶えなかった。そこまで美しいなら、宴の余興に打ってつけかもしれないと考え、どの程度のものか忍んで舞台を見に行った。結果は完全なる期待外れだった。その踊り子は突如舞うのをやめ、舞台にしゃがみ込んだのだ。当然ながら野次とともに杯や皿が踊り子へと投げつけられた。完全な無駄足に反吐《へど》が出そうだった。

『宵の翠玉は、道端の石ころになった』そんな噂が巷に溢《あふ》れ返り、その名すら耳にしなくなっていった。しかし、そのしばらく後、「宵の翠玉」が再び蘇《よみがえ》ったとの噂が耳に入り始めた。しかも面白い話までついてきた。以前と舞が変わったと――。

以前は、鮮烈で強烈で美しかった。今は美しさはそのままに、どことなく儚《はかな》げな舞に変わったという。しかも、あの大失態を犯した後からだという。宴の余興という大義名分で自らの興味を満たすため、彼女を呼び寄せた。

大広間で舞う宵の翠玉は、その名に相応しく、妖艶に美しく舞った。そして噂通り儚さを携えていた。

その仔細《しさい》を暴きたくて、何度もアイーダに触れようとしていた。今思えば何とも女々しい限りだが。

先日、夜空の下、体を預けてくるアイーダが愛しくてしょうがなかった。もう、手放せない。どんな手段を使っても彼女を手に入れるだろう。ふと彼女を穢《けが》したくないという偽善的な感情が芽生える。だが、あの身体と心が、アイーダのすべてが欲しくてたまらない。

「次は、あるのか？」

果実が落ちて来るのを待ちきれずに食そうとした者に。

「陛下」

いつの間にか、召使が部屋の中に立っていた。召使は、その手にあるものを王に渡す。

「ジャスミンが呼び出して何の得がある？」

渡された手紙に目を通し、ヘサームが呟《つぶや》く。すでに国外へ追放した者だ。もし、舞い戻ってきたとなれば、報告が届いているはずだ。しかし、そんな情報は一切ない。

「やつらがおまえの果実を捕えているぞ」

召使とは思えぬ無礼な物言いと野太い声が響く。召使はすぐさまマリッドに姿を変えた。

「ヘサーム、貴様をおびき出すためだ」

ヘサームは寝椅子から立ち上がり、部屋から出ようとした。

「待て。貴様も分かっておろう。やつらの狙いは我らを操れるその指環。おまえは祖王の誓いを破るのか？」

「私にとって、アイーダは何ものにも代えられぬ」

「だが彼奴が待っているのは王宮の外、水門の中だ。我らの領域ではない」

「くどいぞ、マリッド」

「指環を渡せば、おまえもあの娘も殺されるぞ」

「それでも行く」


観光用に開放されている通路とは別の関係者以外立ち入れないその場所。ヘサームは真っすぐに巨大水路の心臓部へ進んだ。見学用の通り道と同じく、壁の両側にはランプが備え付けられてはいたが、異なる空気を漂わせている。光が一切届かない深淵《しんえん》は、少しでも気をそらせば闇に呑《の》み込まれそうな不気味さだった。すぐ横を聖泉からの流れが河となって町へと運ばれていく。携行したランプで足元を照らしながらヘサームは注意深く地を踏みしめた。この暗闇にアイーダが囚われていると思うと気が狂いそうになっていた。

（必ず、おまえを連れて帰る）

闇の最奥。開け放たれた地下水門がその巨大な姿を現す。ヘサームの進む道の前方に、ひとつだけ明かりが見えた。

「やはり、おまえかファティ」

ヘサームの怒りを含んだ声が反響する。

「気が付いておられましたか、さすがは我が主。お待ちしておりました」

旧臣であるその男は不敵な表情で立っていた。

「わたくし自らお出迎えに参ろうと考えていたのですが、あなたはすべてお見通しでしょうから」

ファティの腕に身体を縛られた、愛しい女が捕らわれている。舞台衣装の上から覗《のぞ》く柔肌に縄が食い込んでいた。

「だめっ！　ヘサーム来ないで！」

必死な叫びが胸に突き刺さる。ヘサームは怒りに震える身を抑えながらゆっくりと歩み寄った。

「それ以上近づかないでください、この踊り子を紅く染めたくないのなら。その指環をお渡しください」

(やはりレイジュムの指環が狙いか)

しかし、渡せばアイーダが殺されることは容易に分かる。

恐らくはずっと見ていたのだろう。この指環が唯一ジンを自在に操れる代物であることは代々王のみに言い伝えられてきた。悪しき者の手に渡らぬよう、王家の文献にすら遺されていない。

「過日、街で商人たちをけしかけたのもお前だな」

「ええ、その時点で気付かれていましたか」

「解せぬことがあったからな。なぜあの日私とアイーダが一緒にいると知っていた？　街へ出ていたとはいえ、同じ場所にいるとは限らんのだからな」

「うっかりアイーダ殿と言ってしまいましたからね。決行する際、あの者たちにこの踊り子も攫《さら》えと申し付けたもので」

ファティは腕の中のアイーダに邪悪な眼差しを向ける。

「彼らも、喜んで引き受けてくれたのですよ。恥をかかされたと、あなたに一矢報いることが出来るならとね。どんな女もすぐに手ごめにするあなたがこの娘だけはなかなか抱かなかった。だから試したんですよ、ジンのことと共に。陛下、あなたは実に有能で素晴らしいおかただ。名君の名に相応しい。あなたの功績でこの国は繁栄する一方。わたくしは手に入れたいのですよ。古来より奇跡の都と謳《うた》われたシェラカンドを!!」

普段の柔和な笑みは消え、大臣の顔は権力を欲する本性に染まっていた。

「何年もあなたの動向を探っておりました。しかし用心深いあなたのこと、旧臣のわたくしでさえジンを操る術はおろか一切の隙を見せない。数多《あまた》の女とも一夜限りであなたを陥れる材料にはなり得ない。その上、マリッドが憑《つ》いているシェラカンド王は無敵だ。王宮内で闊歩《かっぽ》するジンが、危険な芽は即座に摘む。だから迂闊《うかつ》な動きは取れない」

「それで私を拉致させたのか」

「ええ、いつもあなたが城下町へ下る際にジンの姿は見受けられない。しかし隠れているだけで王宮内同様、見張っている可能性もある。だからあなたが取引を断られた輩を使ったのですよ。そして、それをさらなる好機へと変えてくれたのがこの踊り子」

「言うな」

ヘサームの制止も聞かず、身体を強張らせる腕の中のアイーダに顔を近づけ、ファティは続けた。

「今まで多くの果実をひと口だけ味わい捨ててきたあなたが、この娘には執着した。あなたを攫う際、もう一つ指示を出していたのですよ。女を責めるふりを王に見せろと、結果この踊り子は無傷で生還した。それでほぼ確信したのですよ。古の詩の通りになりましたね陛下」


ファティの言葉に、見る見るうちにアイーダの瞳が輝きを失った。

眼瞼《がんけん》に留まり切らない涙がこぼれ、ファティの腕に落ちた。

「あの詩の続きをご存じでしょう。不様ですね、毒を避けてきたあなたが。……おや、どうやら果実もその身を捧《ささ》げたいようですね」

嘲る声が空間を支配した。

(そんな、わたしはまた、この人をっ)

離れた場所に立つ、二色の双眸《そうぼう》と目が合う。

「ヘサーム、ごめんなさい」

胸が張り裂けそうだ。

わたしは彼にとって毒にしかならなかった――。

「早くその指環、あの人に渡して」

「ジャスミンッ!!　どうしてっ!?」

「どうして？　あの人を王にするためよ」

脇にある非常用通路に潜んでいたのだろう。冷たい目をしたジャスミンがヘサームの背後に立ち、短い切っ先を突き立てていた。

「やめてジャスミンッ!!　こんなことする人のために」

「うるさいわよアイーダ！　あんただってさんざん男共から逃げ回ってへサーム王のことも嫌っていたじゃないの!!　それが何？　どんなにきれいぶったってあんたも淫らな女よ!!　あたしにとっては、この名君よりもファティ様のほうが偉大な王なのよ。カービドに捨てられたあたしを癒してくれたんだもの！　この人を王にするためならなんでもやるわ!!」

「ジャスミンやめてっ……。ヘサームを傷付けないで」

（どうしたらいい。ここではマリッドは呼べん）

シェラカンドと引き換えにしてでも、アイーダを取り戻したい。しかし、王としての理性がヘサームを踏み止まらせていた。

「善良な王とは厄介なものですね陛下」

「ああっ！」

ヘサームの耳にアイーダの悲鳴が突き刺さる。

「っアイーダッ!!　やめろファティ!!」

ファティの手に握られた刃がアイーダの上衣を切り裂いた。

アイーダの胸からうっすらと血が滲む。

「渡し渋る、ということはその指環がジンを意のままに操れる秘宝というあかし。さぁ、早く指環をお渡しください、陛下。さもないと、この踊り子の身体に傷が増えますよ」

上衣の隙間から覗く乳房に容赦なく刃が突き立てられる。

「うっ」

鋭利な痛みと冷たい金属の感触がアイーダを嬲《なぶ》っていく。

「……やめろっ」

悲痛な声がアイーダの耳に届く。ヘサームは力なく、指から都そのものである印を外そうとしていた。

「ヘサームっ、だめ」

アイーダの必死の叫びももはや、ヘサームの耳には届かないようだった。ファティとジャスミンは揺るぎない勝利を確信するようにニヤリと笑った。

「だめっ!!　やめてヘサーム!!」

アイーダは身を乗り出して叫んだ。

「まだ大人しくしていてください、アイーダ殿」

「無様ねェ、立派な王様がアイーダなんかのせいでェ!!　ぐずぐずしないでさっさと指環を外しなさいよォ!!」

ジャスミンは悪魔の笑みを浮かべてヘサームの背を短剣の刃で小突いた。

「ジャスミン、やめてっ」

(どうしたらいいの？)

俯くと、不意にドドッと流れる落ちる水音が耳に留まる。そっと見やるとすぐ下では大量の水が激流となっていた。そして自分を拘束する大臣の、足の甲が目に入った。

「ぐあっ!!」

ファティの足の甲を踵《かかと》で力の限り踏みつけた。不意の抵抗に拘束されていた腕がゆるむ。すかさずファティの腕からすり抜け怒涛《どとう》の流れに身を投じた。

ヘサームの眼前でアイーダは大きな水柱を立て激流へ飲み込まれた。アイーダの行動にジャスミンも愕然《がくぜん》とした。すると、目の前のヘサームも激流へと飛び込んで行った。なんの躊躇《ためら》いもなく、愛する女を追って。

「くっ、何をしているジャスミンっ!!」

それまで平静だったファティは初めて声を荒げ、ジャスミンへと詰め寄った。

「ごっごめんなさいファティさま!!　ああ——っ!!」

手にした刃でためらわずジャスミンを斬り捨てる。

「ど、し……てェっ……」

真っ赤な花びらと、悲哀の涙を撒《ま》き散らしながらジャスミンは絶命した。

「所詮は浅はかな踊り子。どのみち王を始末したらこうするつもりだった」

冷酷な表情で、ファティは横たわる踊り子の身体を一瞥し踵《きびす》を返した。

(アイーダ、どこだ)

真っ暗な激流に呑まれ、何も見えない。泳いでも身体が前後左右に揺さぶられる。

「はっ……」

水面に顔を出し、壁に摑《つか》まりながら必死に辺りを見回した。ランプに照らされ水面は橙《だいだい》色に染まっている。

奥の暗がりで何かが小さく光った。目を凝らすと光りは何かの塊の上にあるようだ。

壁から手を放し、流れに身を翻弄されながら近づく。徐々にその姿が大きくなる。

アイーダが意識なく流されていた。光ったのは彼女の上衣に付いているガラス玉の飾りだった。

泳ぎながら、これでもかと言うほど手を伸ばし、遠ざかろうとする彼女の脚を死に物狂いで摑んだ。

覆い被さるようにして全身でアイーダを抱き寄せる。

「アイーダ、アイーダっ」

呼びかけるが返事はない。顔と身体が擦り傷だらけで冷え切っている。胸に手を当てると彼女の生命がまだ途切れていないことを伝えてきた。流される方向から轟音《ごうおん》が聞こえてくる。この先は巨大な滝になっている。アイーダの縛られた身体と腕の隙間に手を差し込み、これ以上ないくらいに強く抱きしめる。身体が無重力状態になり、一気に滝壺《たきつぼ》へと落下した。


水面にヘサームが顔を出す。腕の中の存在を確認し、ほっと胸を撫《な》で下ろした。落ちた先は以前アイーダたちが見学した観光用の場所だ。アイーダを抱え、水路の端にある階段から陸地へと上がった。アイーダに口づけ、息を吹き込む。アイーダの唇の冷たさに沸き上がる恐怖を振り払いながら、彼女の胸に空気を送り込んだ。

（アイーダっ……）

「——っ。……げほっ」

口から水が吐き出された。

「アイーダ」

「……ヘサー……ム？」

瞼《まぶた》をやっと持ち上げながら、虚ろな瞳がこちらを見つめ返す。

「アイーダ」

再び呼びかけると少女のような微笑を返してきた。縛られたままのアイーダをヘサームは抱き起す。縄を切ってやりたいが、あいにく腰の佩刀《はいとう》は、滝に落ちた際流されてしまった。

ヘサームは手で縄をほどき始めた。そのとき、音もなくふたりの元へ裸足が忍び寄った。頭がぼんやりとしていたアイーダの視界に、凶刃を手にしたファティの姿が映った。ヘサームは背後の気配に、とっさにアイーダを覆い隠した。

「っ、いやあぁっ!!」

アイーダの目にしたのは、彼の身体から噴き出す真っ赤な血潮。覆い被さるヘサームの身体がアイーダに崩れ落ちる。微かな呻《うめ》き声が聞こえた。

「偉大なるシェラカンドの王も堕ちたものだ。こんな踊り子風情に毒されるとは」

冷酷な響きを持った声が頭に刺さる。

「やっ、やめて‼　やめて‼」

腕から這《は》い出ようとするアイーダをヘサームは許さず、強く抱きしめた。

「ヘサームっ、離してっ」

手探りで大きな背に触れると、生温かい液体がべっとりと付いた。

「や……だ、ヘサーム……っ、離して、お願いっ。離して」

止まらない血を防ごうと必死で両手を当てる。すぐに腕まで生ぬるい感触に浸される。見えなくてもどんどん血があふれるのが嫌でも分かった。アイーダは自分の無力さを嘆いた。

「……アイーダ」

消え入りそうな声が耳に届く。

「すまない。つらい……怖い、思いばかり……させ、た」

「ヘサームっ。喋《しゃべ》らないで……っ」

抱きしめる腕の力が弱くなっていく。

「おまえが、欲し……かった」

額の近くで彼の頭が力なく垂れた。

「ヘサームっ‼　ヘサーム、ヘサーム‼」

アイーダはヘサームを呼び続けたが、声が返ってくることはなかった。

「心配なさらなくとも、ご一緒にあの世へ送って差し上げますよ。アイーダ殿」

非情な刃が降ってくる。血で滑る腕に力を込めて彼の身体を抱いた。

アイーダが死を覚悟したとき、大きな斬撃音が水路内に反響した。

「なぜ……。お、まえが」

「君主に刃を向けるとは愚かな」

聞き覚えのある二つの声。一つはファティ。

もうひとりは——。

目の端にうっすらと小柄な人物の影が見える。

「おまえのような者にシェラカンドは渡せぬ、悪しき愚かな人間よ」

いつの間にか、声が野太いものに変わる。

「ま……さ　かっ、おまえ……が」

「よい冥土の土産が出来たであろう」

野太い声と共にファティの怨念に満ちた声がアイーダの耳にこだました。

「土壇場でレイジュムを完成させたか。世話の焼ける王だ。これまでの、どの王よりもな」

あきれた口調は、聞き覚えのある声に戻っていた。あらゆる種類の恐怖に気が遠くなる。ただ、愛しい彼の身体にしがみつきながらアイーダの意識は闇へと落ちていった。

温かい。微かに香る大好きな匂い。赤と青のきれいな光。

低くて優しい声が鼓膜を揺らす。

手を伸ばすと、大きな手が握り返してくれた。

夢から覚めるように瞼が持ち上がる。

「アイーダ～!!」

まだ覚醒しきらない意識を嗚咽《おえつ》混じりの声が引っ張り上げる。声のほうに首を傾けるとサナとタラーイェ、座長を始め踊り子たちに楽師たちが泣きそうな顔でこちらを見つめていた。

「サナ、タラ……」

「タラーイェよ」

「アイーダあ～」

号泣しながらサナがアイーダに抱き付いた。

「え、と。わたし、どうしたんだっけ？」

サナを宥《なだ》めながら呟く。鼻を刺す匂いがする。首を傾げ辺りを見回すと、王宮内の医務室のようだ。

「三日前の夜、あなた王宮の外に出て行方不明になってたのよ」

(そうだジャスミンの手紙で呼び出されて)

タラーイェの説明に、だんだんと意識がはっきりしてきて記憶をたどる。

「明け方、全身ぐしょ濡《ぬ》れになったヘサーム陛下とあなたが、王宮に担ぎ込まれたのよ」

ヘサームの名を聞き、アイーダは一気に覚醒した。

「ヘサ、陛下はっ!?」

アイーダはベッドから起き上がろうとした。

「背中に深く斬りつけられた痕があって」

「——ッ!!」

自分をかばう身体からあふれる血潮。鮮血に濡れる身体が脳裏に蘇《よみがえ》る。タラーイェの言葉に重たい身体を無理やり動かし、アイーダはベッドから這い出ようとした。

「わぁっ、だめだってアイーダ!!　だめ、わあ〜」

アイーダを制止しようとしたサナごと、ベッドから落下した。

「痛たた」

「っごめん、サナ」

「だめよアイーダ。まだ寝ていないと。身体中打撲で胸の傷だってまだ塞がりきっていないのよ」

「でもっへサームがっ」

ほとんど泣きながらその人の名を口にする。胸の傷口も痛んだが、それよりも彼のことが気がかりだった。

「王様なら大丈夫だって！　部屋で休んでいるから!!」

「分かったら、アイーダも安静にしていい子にしていなさい」

サナとタラーイェにベッドへと戻される。

「本当に、彼は無事なの？」

「無事よ、命に別状はないそうだから」

（今すぐあなたに逢《あ》いたい。無事だと確かめさせてほしい）

心は、すぐにでも飛んでいきたいのに、いうことを聞かない身体がもどかしかった。


ようやく宮廷医師から、起きてもいいとの許しが出た。しかし、ヘサームの部屋の前には兵が増員され、迂闊《うかつ》には近づけない状態だった。今更になって踊り子の自分と国王というヘサームの身分の差を実感せざるを得ない。最初は彼を嫌っていたアイーダは、そんなことに気付きもしなかった。目の前の扉の向こうに彼がいるのに、今は近くの柱の陰から覗くことが限界だった。そばに行きたいと、心で呟く想いは床に落ちていく。あきめて立ち去ろうとした瞬間、誰かに手を引っ張られた。振り向くと、いつもヘサームの傍らに控える召使がいた。

「え、あの」

なぜ腕を摑《つか》まれているのか分からず、アイーダはとまどった。しかも、摑まれた腕はびくともしない。召使は小柄で腕も細い。どこにこんな怪力が隠されていたのか。召使は無言のまま、アイーダを黄金色の扉の前へと連れていった。見張りの兵が、扉の両端に退く。輝く黄金の扉が開かれ、部屋へと招かれた。目の前に、ベッドに横たわるヘサームがいた。

「……っ」

震える脚をやっと動かし、ヘサームの近くへ歩み寄った。痛み止めのせいか寝息を立てており、睫毛《まつげ》は伏せられている。ベッドのそばで膝を付き、穏やかな寝顔を見つめる。

アイーダはうっすら開いている王の唇に、自らの唇を重ねた。

（離れたくない。ずっと、あなたのそばにいたい）

一部分しか触れてないのに、その唇すら離したくなかった。ゆっくりと温かな愛しい唇から離れようとする。

「っ」

すると後頭部を押さえつけられ強く唇を捕らえられた。

（起きていたの？）

また騙された。でも今はそんな彼の戯れが嬉しくて仕方なかった。柔くも貪られる二度目の口づけの後、鮮紅と青紫の双眸が開かれた。

「初めてだな。おまえのほうからとは」

慈しむような瞳がアイーダへと向けられる。

「……っ、ふっ」

いつものヘサームの口調に、涙がぼろぼろと止まらなくなる。衣擦れの音がしたと思った瞬間、強い力に抱きしめられていた。

「ごめ……なさいっ。ごめ、なさっ」

きつい腕の中でアイーダは嗚咽を漏らしながら必死で声に出した。ちゃんと謝りたいのに喉につかえて、途切れ途切れになってしまう。

「おまえが謝ることではない。つらい思いと怖い思いをさせて、すまなかった」

ヘサームは、あのときと同じ言葉を繰り返す。彼の詫《わ》びる言葉にアイーダは大きくかぶりを振った。

「ごめん、なさい……っ」

「もう謝るな」

ヘサームが壊れそうな背中をそっとさすると、ますます震えを大きくした。

「わたしのせいで、また……あなたに大怪我を負わせてしまったもの」

「この程度の傷、たいしたことはない。この国は名医揃《ぞろ》いだ。数日寝ていれば治る」

いつもの自信を含んだ静かな声。あんなにも大量の血が出たのだ。痛くないはずはない。激しく鞭《むち》で打たれたときも、激しい痛みだったのに違いない。

「ごめんなさいっ」

「アイーダ」

咎《とが》めるような口調で名を呼ばれ、少し身体を離される。どうしたのかと思いヘサームの顔を見つめると、虚ろな目が下方に向いていた。

「傷は、痛むか？」

「傷？　大丈夫よ。痛み止めだってもらっているし、もう塞がっているもの」

ヘサームの瞳が揺れ、切ない表情に変わる。

「すまない」

そう言うとヘサームはうなだれた。

「平気よ。傷は浅いから。シェラカンドは名医揃いなんでしょう」

彼を安心させたくて必死に言葉を探す。傷口は縫う必要もなかったし、薬師が調合した膏薬《こうやく》のお陰で、ほぼ治癒していた。しかし、ヘサームはうなだれたまま何も答えない。

「ヘサーム？　本当に大丈夫だから……っ」

アイーダは頭が真っ白になる。右胸に感じる圧迫感。黒の髪が胸元に押し付けられていた。ぎゅう、と自分の胴に逞《たくま》しい腕がしがみついている。

「——……っ」

微かにだが、押し殺された嗚咽が耳に届く。身体が震えている。

（ヘサームが……泣いてる）

胸が締め付けられ、どうしようもない愛おしさが込み上げてきた。ヘサームの意外な行動にとまどいながらも、アイーダは彼の頭を両腕で包み込み、髪をそっと撫でた。くせのある髪に指がひっかかる。背中に回された腕の力がさらに強くなった気がした。震える頭を撫でながら口づける。

「あなたが助けてくれたから、今ここにいられるのよ。ありがとう」

言葉が見つからなくて、本当にありきたりな言葉しか出てこなかった。ヘサームはアイーダの胸に顔を埋め泣き続けた。初めてヘサームの弱い部分を見られた気がする。

自分の胸で嗚咽を漏らす偉大なシェラカンド王は、まるで小さな少年のようだった。

「すまない、子供じみた真似をした」

しばらくしてヘサームは、アイーダの胸から顔を離した。心なしか頬に赤みが差している。思わず可愛くて笑うと、あからさまに不機嫌な顔でこちらを睨《にら》んできた。

「何を笑っている」

いつもの貫禄《かんろく》に戻ってはいるが、これまでの流れを見ていたら逆に可笑しくなってしまう。

「アイーダ」

名を呼ばれ、見つめ返せば優しく口づけられる。

「初めてのときも、こんな風にしてほしかった」

ヘサームとの最初の口づけは荒々しくて、そのときのアイーダには刺激が強すぎた。うっとりするような甘い感触のほうが嬉《うれ》しく思えたはずだ。

「……悪かった」

ヘサームが素直に謝ると調子が狂う。

「今は、どちらも幸せだけれど」

そう呟くとまた、噛《か》みつくように口づけられた。

「んっ、ふっんんっ」

唇から割り入れられた舌に、自分の舌をたどたどしく触れさせれば、きつく抱き寄せるように絡ませてきた。

「んぅっ、ん」

温かい唇でアイーダは彼が生きている事実を再度噛みしめた。涙が口に入ってしょっぱい。うれしいのに、触れ合う舌が震えてしまう。

「アイーダ」

ヘサームは唇を離し腕に包むと、再びアイーダの背中をさすった。

「アイーダ、愛している。おまえだけを愛している」

それは、甘く優しい響きでアイーダは幸せに涙をさらに溢れさせた。

「わたしも」

この人がいてくれる世界。

それが、わたしの世界。

第九章　熟爛《じゅくらん》の果実

「アイーダ〜。陛下とは、どうなってるの〜？」

舞台を終え、汗を拭っていると、サナが飛びついてきた。

「どうにも、なっていないわ」

「え〜ん、つまんない〜」

寝る前のお話をねだる子供みたいに、サナは不平の声を上げる。

「サナ、いい加減になさいよ。少しは成長しなさい」

「ぶ〜、うっさい、タラ〜」

「タラーイェよ。略さないでちょうだい。でも、復帰してからアイーダの踊りにこれまでにないような妖艶さが加えられたのは、やっぱりヘサーム王とのことが原因よね？」

「タラーイェ！」

「宵の翠玉《すいぎょく》は、ヘサーム王の寵姫《ちょうき》だから手を出せない。そこをなんとか、同じ踊り子のおまえからアイーダに取次いでくれって。私たち、全員言われてるのよ。せめて近況報告くらいはしてもらわないと」

結局は同じ穴の貉《むじな》だ。悪戯っぽく笑うふたりの後ろから、踊り子たちと楽師たちが同じく身を乗り出す。座長は相も変わらずそろばんを弾いている。

「本当に、何もないわ」

アイーダの静かな声音と目を伏せた様子に、一同は気まずそうな空気を漂わせた。

「アイーダ様、ご準備はよろしいですか？」

「あ、はい」

召使が舞台袖に現れる。それを確認し、アイーダは召使に駆け寄った。

「身体は重ねなくても、王の心はあなたのもののようね」

的確過ぎるタラーイェの冷やかしに赤面しつつ、アイーダは召使の後を付いて行った。

「あの、毎晩送り届けてくださるのは大変ありがたいのですが」

恐る恐る目の前をさっさと歩く小柄な召使に話しかける。見た目は少年でも、その正体を知っているせいか、ふたりだけで歩く石造りの廊下も空気がおかしな具合に感じる。壁のランプも焰《ほのお》を激しく揺らした。


あの日、ヘサームと想いを確かめ合っていると、突如部屋の中に不機嫌そうな野太い声がした。聞き覚えがある声に、ヘサームの腕の中からアイーダがそちらを見ると、マリッドが腕組みをして浮いていた。

いつからいたのだろうと、アイーダはヘサームとのやり取りを見られていたと思い羞恥で身体から熱が噴出した。

「ヘサーム、いつまで続ける気だ」

「やかましい。おまえが出ていけばいいだけだろう」

「よろしいのですか？　アイーダ様をお連れしたのは、私ですよ」

マリッドの声が、細い声に変わる。そして、いつもヘサームの傍らにいる薄茶の髪の少年の姿になった。

「あなたが、マリッドだったの？」

「ええ、アイーダ様。改めまして、私はマリッド。代々シェラカンド王に憑《つ》く精霊です。普段はヘサームの召使をしておりますが、他にも数名ほど、召使いに身をやつしている者がおります」

「そう、なの？」

「ああ。人間の中に紛れ込んでいる」

サナが言っていた。ジンは何にでも化けられるから、すれ違っても分からないと。

「ヘサームの奴が、お前を警護しろとやかましいのだ。おまえも彼奴の女なら男の好意は素直に受け取っておけ」

アイーダが復帰してからは、舞台前後の送り迎えを召使たちが交代で付き添うようになっていた。人間の召使もいるが、恐らく自分に付き添ってくれている召使は全員ジンだろう。

「さっさと、あの馬鹿王には寝椅子に戻ってもらいたいものだ。あの使えない大臣のお守なんぞ、たくさんだ」

主催者である王が長期に渡って不在の宴は間抜けなものだった。謀反人ではあるが有能だったファティがいなくなったため、新しく大臣が選出されたが慣れない仕事に苦戦しているようだった。招かれる客は王をはじめ全員身分の高い者ばかり。そんな人物たちを相手にするのは並大抵ではない。交易に関しては、今自分の前を歩くこの宴をよく理解している者たちが補佐して、上手く回しているようだ。

厨房《ちゅうぼう》で湯をもらい、アイーダは召使と共に部屋へと向かった。辿《たど》り着いた先で敬礼してくる兵に恐縮してしまう。黄金の扉が開かれ、アイーダは足を踏み入れる。

「遅かったな」

ベッドの上にいる部屋の主に出迎えられた。

「お湯をもらっただけで、他に寄り道はしてないわよ。ちゃんと見張らせていたんでしょう」

アイーダは、子供をあやすように返した。今、アイーダはヘサームの部屋から稽古や舞台に向かっている。『陛下のお身体が回復されるまでの世話係』という名目だ。アイーダは部屋の隅に湯が入った盥《たらい》を置き化粧を落とし始めた。彼の前で化粧を落とすのは気恥ずかしく、いつも背を向けていた。ここまでは、ヘサームの部屋で過ごし始めてから変わらない習慣だ。しかし、今夜は違っていた。

「あっ」

化粧を落とし終わり木綿布で雫《しずく》を拭っていると不意に後ろから抱きしめられた。ムスクの香りが、頬を撫《な》でる。

「ヘサーム、まだ動いたらだめよ」

何度か医師の診察を間近で見ていた。想像以上にヘサームの背中の傷は大きくて、初めて見たときは涙が止まらなかった。すでに塞がってはいるが、宮廷医師からベッドから出てもいいという許可は下りてはいない。

「おまえが稽古に行っている間に、許可が下りた」

「よかった」

自分を抱きしめる腕に手を添え、アイーダは安堵《あんど》の息を漏らした。

「そろそろ、ほうびをもらってもいいだろう？」

「ほうび？」

「おまえが欲しい、アイーダ」

きょとんとしていると、熱い吐息で囁《ささや》かれた。ようやく意味を理解したアイーダは、深く頷《うなず》く。

ヘサームはアイーダを抱き上げると、ベッドへと戻っていった。

第十章　囚われの果実

ヘサームは自分のベッドに美しい踊り子をそっと寝かせる。まるで繊細な金細工を扱うかのように。ランプの灯だけが二人を照らし出す。

美しいながらも抱いたら折れてしまいそうな身体。

それを壊さぬように王は覆い被さった。

「……っ」

自分を見下ろすヘサームの双眸《そうぼう》を見つめる。心臓がやかましいくらいに高鳴った。どきどきしすぎて胸が苦しい。彼の匂いが心と身体をがんじがらめにする。

自分で本気で望んだこと、なのに、怖いと思ってしまう。アイーダの心情を察したヘサームは大きな掌で柔らかなその髪を撫《な》でる。安心させるように、それが心地良くてアイーダは目を閉じる。少し緊張がほぐれた気がした。

「アイーダ、私を見ろ」

促され、目を開けた瞬間、唇が重ねられた。

「ん、んんっ」

もっと深く口づけて欲しくて、ヘサームの後頭部をアイーダは両腕で抱え込んだ。正直こんなにも大胆になっていることに、自分でも驚いた。

「随分と素直になったな」

気持ちを代弁されて恥ずかしくなり、腕を放してアイーダは顔をそらす。

「何を照れている」

「んうっ」

顎を摑《つか》まれ、すぐ仰向けに戻された。再び唇を塞がれる。滑り込んできた彼の舌に自分の舌を絡められた。舌が蠢《うごめ》くたびに口の中に唾液があふれかえる。

「んっ」

濡《ぬ》れた生々しい感触と音。呼吸する隙が与えられないほど激しく。空気が恋しくて拳で広い胸を叩《たた》いても取り合ってすらもらえない。

「んっ、んんぅ」

(苦しい)

ほんの少しでも空気を入れようと口を開けば、すかさず重なる唇に蹂躙《じゅうりん》される。

「ん――っ!!」

ヘサームの舌は口腔《こうくう》内を存分にかき乱すと、ようやくアイーダの唇を解放した。

「はぁっ、はっ」

苦しくてあわてて空気を胸に吸い込んだ。ヘサームは満足そうに口元で笑いながら、アイーダの白く細い首筋に口づけをする。

「あうっ」

熱い唇が首筋に当てられ、目を瞑《つぶ》る。火傷したように触れられたところが熱を帯びる。

「ん……っぁ」

ヘサームの唇が首筋を這《は》うたび、熱い吐息が漏れる。むうっと自分の汗の匂いが鼻をついた。

「あっ、まって。わたし、身体洗ってない」

舞台で大量の汗をかいたのに、化粧を落としただけだ。前戯が始まってから自分の汗臭さに気付き、あきれられたかと思い恥ずかしくなった。

「このままで構わん。おまえの肌がより馨《かぐわ》しい」

その言葉に逆に恥ずかしさが煽《あお》られる。

「な、なに言っ、んっやっ」

ときおり皮膚を強く吸われると、甘い痛みが与えられ白い肌に赤い花が散らされていく。唾液に濡れた熱い舌がつつくように首筋の皮膚を刺激する。喉元にも舌と唇が触れ、喉の奥がびくりとなる。

「ぁあ」

無意識のうちに息を何度も止めて苦しくなる。首筋にまんべんなく所有印を施した唇はそのまま鎖骨へと下りていく。

「ふぅうっ」

自分が与える刺激で反応を示すアイーダに脳髄が突かれたようにぞくぞくする。何度も目にしたアイーダの身体。今は誰の目にも触れず、腕の中でアイーダを独占している。

それだけでとてつもなく甘美だ。自分の下で甘い声を漏らすこの女がどうしようもなく愛おしい。片方の鎖骨を舌でなぞりながら、もう片方を指でなぞった。固く繊細な骨を艶やかな皮膚越しに感じる。

「っ……」

くすぐったいのかアイーダが身を小さく捩る。

「感じるのか？」

わざとらしく囁《ささや》けば感覚に酔いしれ、閉じられていた大きな翠《みどり》の瞳が見開かれる。

「だっ……て」

慣れない感覚に羞恥が突き上げられるのか、薔薇《ばら》色の頬がさらに燃える。その姿になおさらに興奮をかきたてられ、可憐《かれん》な唇に再び口づける。

「んっぁ」

触れるたびに妖艶な身体がわずかに跳ね、熱くなっていく。胸の先端が尖っていくのが分かった。

嬉《うれ》しいのに怖いと、肩に縋《すが》ってきた。握り返し、指と指をきつく絡み合わせた。

「ん　ぅ……」

薔薇色の唇から洩《も》れる吐息混じりの声。アイーダが声を漏らすたび、自らの中心が熱くなっていくのを感じる。

（早くアイーダの中に入りたい）

欲望が支配していく。その欲望を必死で抑え込みながらアイーダの身体を徐々に高めていくことに集中する。唇を貪りながら首ひもを指で解けば、はちきれんばかりの乳房がこぼれた。閉じていた瞳が大きく見開かれる。


「やっ。まって」

やっぱり胸を見られるのは恥ずかしい。アイーダはヘサームの指を止めようとした。

「おまえの身体なら、何度も見ている」

「っ!!」

その言葉によけいに恥ずかしくなる。キッ、と目で反抗しても、彼はまったく意に介しない様子でむしろ面白がってる。

「あれはっ、あなたが勝手に脱がしたんじゃないのっ！」

必死で弁解するアイーダをヘサームはことさら愉快そうな顔で見つめる。

「わ、わざと見せたんじゃ」

たしかに、彼の前で裸になったことはある。でも、それは自発的にというよりは、ヘサームに命令されてだったはずだ。そんなことを思い出しているとほとんど脱げている上衣ごと乳房を大きな手で弄られた。

「あんっ!!」

優しくも咎《とが》めるような感触に、アイーダは身悶《みもだ》えた。

「あっ、んあぁっぁ」

「私と身体を重ねようというのに、何を考えている？」

意地悪く囁《ささや》かれ、乳房をじっくりと揉《も》みしだかれる。

「んんっ、あっ……あっあっはぁっ」

その指一本一本で強く刻み込まれていく快感に、頭を左右に振りながらへサームの手を力なく摑んだ。

「はぁっ、……ぁっ……」

乳房全体をもみくちゃにされながら、勃ち上がった固い先端も指で抓《つね》るように刺激された。

「あっ……んっ」

「何を考えていた？」

吐息がかかる距離で咎められる。

「何度もなんて……。わたしが勝手に脱いだみたいに言わないで。あなたが命令したり、勝手に脱がしたんじゃない」

「そうだったか？」

「あうっ」

きつく乳房を揉み上げられ、アイーダはのけぞる。

「んっ」

唇を啄《ついば》まれると、胸の先端を弄りながらわずかに引っかかっていた布が軽く引き下げられた。布越しに触られても分かったくらい、固く尖《とが》った乳房の頂は自身を主張している。

「やだ」

欲に濡れた目で見つめられて恥ずかしくなる。胸を触りたいのなら一気に上衣を取って欲しい。こんなにゆっくりと晒《さら》されていくなんて、羞恥心を煽られるだけだ。

「ああん」

今度はその愛しい指先で直接乳首を刺激された。熱い指先と指の腹でこねるように押されている。びりっと乳首から乳房へと電流が走る。

「は……ぁあっ」

果実を捥《も》ぎとるように両の手で双丘を持ち上げられ、上衣が鳩尾《みぞおち》へと落ちていった。震える豊満な乳房が露わになる。彼の大きな手からもこぼれそうな自分の乳房が恥ずかしい。隠れた部分が全部なくなり、その乳房全体がヘサームの掌に吸い付いた。

「んっ！　あっ、ああっ!!」

熱く柔らかな舌に乳首が包み込まれ、指で弄られたときとは違う快感が襲ってくる。

唇に吸われ舌で先端を突かれたり押し潰されて乳首が口腔内で動かされ弄られる。

「あっぁ」

乳首が蕩《とろ》けてしまいそう。もう片方の乳房と先端はそのまま彼の手に掌握されている。

（熱い）

胸が快感に犯されるたびに下半身がどんどん熱くなっていく。身体の中心がもぞもぞとしてきた。どうしたらいいかわからない。

「あっ」

乳首に歯を立てられる。覚え込まされた刺激とは異なる固い感触に身体が跳ねた。

首筋に付けられたのと同じ赤い跡も胸全体に施される。

(ずっと、消えないで跡が残ってくれたらいいのに)

濡れた音を聞きながらそんな願望がぽつり浮かんだ。乳房をまさぐった手はその曲線をなぞって下へと降りていく。

(くすぐったい)

温かな掌が包み込むように鳩尾から腹、脇腹、腰を羽が当たるように下っていく。

「つふ」

腰まで辿《たど》り着くとまた上まですりあげられる。

「ずっとおまえが欲しかった。おまえのすべてが」

(どうして、焦らすの……？)

胸が苦しくて声にならなかった。

「おまえを、傷つけたくない」

「そんな、大丈夫なのに」

「おまえに、嫌われたくない」

「嫌いになんてならないわ」

アイーダは手を伸ばし、ヘサームの頬を撫でた。

「だが、まだ怖いだろう」

「っそ、れはっ」

核心を突かれ言葉に詰まった。ほんの一滴心に残っている恐怖。

「あなたのものになりたいのは本心なの」

「……あまり煽るな」

する、と滑りのよい絹のスカート越しに太ももの上を指が這《は》う。その指先は蜜を滴らせる中心を確かめた。間接的なもどかしい刺激にびくっと身体が揺れる。

「布越しにも分かるな」

「えっ」

「濡れている」

ヘサームにそう言われ、また恥ずかしさがぶり返す。思わせぶりな指が中心を何度も往復した。

「やぁっ」

刺激から逃れたくて顔を背けた。シャリ、と音をさせて腰飾りの鎖が外され、腰に巻いた装飾の帯も外される。スカートの裂け目から手が差し入れられ、太ももを探られる。

「んっ」

弱い刺激に甘美な身体が揺れる。太ももを指と手で堪能した後、特に柔らかなその内側にヘサー

ムは口づけ吸い上げた。

「ん……っ」

太ももの上を這いながら愛しい指が下りてくる。指で何度も太腿の付け根を押しながらなぞられる。悩ましい指先が、わざとらしく下着の隙間へ弾くように入り込む。期待にどきどきしていると、指先はまた太ももの付け根へと逃れた。こんなに恥ずかしい恰好《かっこう》をさせておきながら、いつまでこうやって焦らすのか。胸は丸見えだし、スカートも股間でぐちゃぐちゃになっている。

「ヘサームっ」

たまらず声を上げた。

「なんだ？」

こちらの考えなどお見通しとでも言いたげに左右色違いの瞳が怪しく光る。

「も……っ、ねが」

そう返す間も指先は付け根と下衣、その境を行ったり来たりしてもどかしさを増長させる。

「さわって」

「どこをだ？」

意地悪だ。分かっているくせに。

もどかしい快感と羞恥でどうにかなりそうだった。何も言えずに黙っていると不意にヘサームの指先が下着の中へと入り込み、濡れそぼる蜜壺《みつつぼ》の口から蜜を掬《すく》い取るように蠢《うごめ》いた。

「はぁっ」

怖いような、待ち望んでいたかのような複雑な気持ちになる。粘り気のある水音が聞こえてきて、どうしようもなく羞恥心が煽られた。

「んぅうっ」

「十分過ぎるほど濡れ切っているな」

「やだっ」

蜜壺の鳴る音に自分の身体が卑猥《ひわい》なものに思えた。なのに中の壁肉は犯す指先にぎゅうと吸い付いて離さない。

「あっ」

蜜壺から指が引き抜かれ、吸いつくものを失った壁肉は、空虚感にきゅうと収縮する。

「もう待ちきれないみたいだな」

眼前に粘り気のある、濡れた中指を見せつけられ、恥ずかしくて思わず身体ごと横を向き縮こまった。背中から布の擦れるような音がした。胸の下でもたつく上衣がゆるゆると腹のほうへと垂れていく。

後ろで結ばれた結び目が解かれ、上衣を完全に外されていた。

「あっ」

反射的に腕で胸を隠す。

「隠すな」

吐息混じりに囁かれ、体の向きを戻されると同時に両腕を頭上で縫い留められてしまった。もう何も隠せるものがない。妖艶な輝きに引き込まれて、その中に閉じ込められそうだ。痛いくらい視線が自分に突き刺さっているのを感じた。これ以上恥ずかしくなりたくなくて、また目を瞑る。唇が触れる感触と音、胸元から下半身に覆って被さる圧迫感。強く閉じた唇を開けさせようとヘサームの唇が何度も重ねられ尖った舌で突かれた。

「んんっ」

溢れる唾液が口端から流れ出す。

「んっ、んっ」

つっ、となだらかな裾野から隆起した頂へと唇が滑らされ、身動き取れないまま乳首をしゃぶられた。

完全に起ちあがった乳首がびりびりと痺《しび》れる。同時にまた蜜があふれてくるのが分かる。

「あぁっ!!」

痛いくらいの甘い快感。のけぞりその感覚になされるがまま声をあげることしかできなかった。乳首からその口内におさまりきる限界までを飲み込まれる。

「つやぁんっ」

どぷ、と蜜壺から蜜があふれ出した。刺激されるたびに腰と乳房が揺れる。

「ふ……ぅっいやぁっ……やっあぁぁんっ」

「淫らだな」

ヘサームは豊満な乳房を舌で舐《な》め上げながら、言葉で責め立てる。

「やっ、言わないで……あっ」

アイーダは悲鳴に似た甘いを漏らした。

「ああああっ！」

右手で乳房を揉みあげられながら、乳首が吸われる。強い快感に耐え切れずアイーダが大きく声を上げた。ちゅうと強くひと吸いし、ヘサームは蕩ける胸から唇を離す。

弄られた桃色の先端は唾液にまみれて艶かしく光った。

浅い呼吸を繰り返しながら、涙目で彼を見つめた。

「怖いか？」

「わ、たし……」

「感じているのだろう」

「ん」

首を縦に振ると額に優しく唇が触れる。

「ならば、もっと私を感じろ」

「あっ」

「もう、着ている意味がないだろう」

一瞬不安そうな表情を見せるアイーダに構わずヘサームは愛液が沁《し》みこんだ布を剝ぎ取った。

「美しいな、アイーダ」

「っ」

熱を帯びた声にどうしていいか分からない。美しくも怪しい光を灯す鮮紅色と青紫色の瞳が自分に注がれる。

慌てて太ももを閉じて隠そうとするが、それよりも先に膝を両手で摑まれ、ぐい、と大きく左右に開かれた。

「やっ……やだっ」

閉じようとしても強い力で押さえられ、動かせない。その体勢のままヘサームが顔を近づけた。熱い吐息が下半身の突起にかかり、全身にびりりと快感が駆け巡った。

「こんなに蜜をあふれさせて、淫らだな」

「あぁっ」

びくっとアイーダの身体が揺れた。触れるか触れないかの悩ましい加減でヘサームの指が花芽を愛で始めた。

蜜がヘサームの指を濡らして絡みついていく。

「あああっっ!!」

容赦なく膣内に与えられる強い快感。執拗に指で抉《えぐ》られ、背筋がぞくぞくとする。快感が腰から首へと這い上がる。長く、ごつごつとした中指が深淵《しんえん》を探り、暴いていく。

涙がこぼれる。もう身体のどこにも力が入らず、ただただ膣腔にじかに与えられる刺激に耐えるしかなかった。そのまま二本三本と指が増やされ蜜壺を乱暴にかき混ぜられる。ぐちゃぐちゃと、大きな水音が響く。刺激が強まり、蜜もさらにあふれ出した。

「やぁっ、……いやぁ」

「いとも容易《たやす》く私の指を三本も飲み込んだな。一本目から既に強く吸いついて、放そうとせぬが」

「言わないでっ」

容赦なく三本の指が滅茶苦茶に暴れ回った。

「あああああああっ!!」

三本の指で膣腔を犯しながら、指で尖った花芽をこねくり回され、押しつぶされた。

中と外の刺激に子宮が震える。何かが湧きあがるが、駆け上がる寸前で指が抜かれる。ヘサームは蜜まみれの指を妖艶に舐めはじめた。

「――っ！　やっ」

あんなに自分は濡らしていたのだろうか、それをまざまざと見せつけられ、全身が羞恥で埋め尽くされそうだ。ヘサームは指の蜜を舐め終わると、膨らみきった花芽を啄《ついば》み始めた。

「あっ」

指とは違う熱くて柔らかな唇に包まれる感触。言葉では言い表わせない快感だった。

「ほら、また蜜を垂らしているぞ」

舌先で嬲りながら吐息混じりの声が聞こえてくる。

「やっ」

もう苦しい。

「ヘサー……ムっ」

「ん？」

蜜を貪ることに夢中な王は気の無い返事をする。

「も、つくるしい」

「だめだ」

「んっぁ　っ」

「おまえが私の部屋にいる間、おあずけをくらっていたんだ。このくらいの罰は与えねばな」

アイーダにとっては、もう拷問だった。

「ふっぅ」

じれったくて、苦しくて、おかしくなりそうだ。子宮の奥が欲しいものを求める。

「アイーダ」

不意に名前を呼ばれて、ヘサームの方を見る。

「な、に？」

「おまえの中に、入りたい」

欲を孕《はら》みながらも切ない瞳で懇願される。

「おまえのすべてが欲しい……。心も、身体も――……」

顔を覗き込まれる。いつも自信と威厳を湛《たた》える瞳は不安そうに揺れていた。その表情に胸が締め付けられる。手を伸ばし、愛しい顔を引き寄せようとすると彼のほうから近づいて来た。唇を微かに開け、口づけをせがんだ。顎を手で押さえられ、押し付けるような口づけが与えられた。

「……っ」

もっと欲しいと自分からもヘサームの唇を迎えにいく。

「んぅうっ」

互いの唇を貪りあう。

「もう、焦らさないでくれ」

「焦らしてなんか」

ここまできて急に不安が襲ってきた。

「本当に、わたしで、いいの？」

「アイーダ」

大きな掌で髪を撫でられ、顔を包み込まれる。

「おまえ以外なんていらない」

ヘサームがいつかのときのようにこぼれる涙を汲《く》む。

「怖いか……。また、私がお前以外を抱くのではないかと」

切なげに真剣な眼差しが見つめてくる。恐る恐る頷いた。

「可愛い奴だな」

愛おしむ響きに満ちた声音。胸がいっぱいになり、また涙がこぼれた。

ヘサームは親指の古めかしい指環を外し、アイーダの右手親指に嵌《は》めた。

「不安ならマリッドを呼び私を殺させればいい」

「っ、そんなことっ、出来る訳ないじゃない！」

「これしか、おまえを安心させる方法を今は思いつかん。おまえがそうしたいのなら私は喜んでマリッドにこの身を裂かれる。アイーダ、おまえを手に入れられるなら」

アイーダは指環が嵌められた指を震えながら押さえる。

「いじわるっ」

「私からすれば、おまえのほうがいじわるだ」

ヘサームの長い指が髪の中に入り込む。髪を優しく揉まれる。

「アイーダ、おまえの中に入りたい」

再度懇願される。

アイーダはこくり、と頷《うなず》いた。

アイーダの上で、一瞬、彼はわずかにとまどいの空気を滲ませた。

「――――っ!!」

アイーダは、息を呑み、眉をひそめた。

おびただしい数のみみず腫《ば》れ。滑らかだった褐色の肌に刻まれた痛みの痕。

鞭で打たれた痕も、背中の大きな傷も自分が原因だ。

「アイーダ」

ヘサームがアイーダに覆い被さる。その逞《たくま》しい腕でアイーダの震える身体をとらえ、胸へと抱き寄せる。

「まだ気に病んでいるのか」

ヘサームの鼻と唇が髪に埋められ、優しく背中を摩《さす》られた。何も阻むものはない互いの肌が密着する。

「ごめ……なさっ」

ぼろぼろと大粒の雫があふれた。

「アイーダ、私にとってすべての傷は名誉でしかない」

温かな指先が既に消えている、アイーダの左胸の傷に触れた。

「……っ、ヘサーム」

「この傷は、お前が負わなくてもよかったものだ」

沈痛な表情に胸が締め付けられた。哀しげな声が鼓膜を揺らす。

「そ……なこっ、と……っ」

アイーダの白い左手を優しく掴むと、彼は自らの傷跡に触れさせた。

「痛みなど、とっくに消えている。もう悲しまないでくれアイーダ」

「ヘサっ……んっ！」

言い終わる前に口づけられる。ヘサームの両手がアイーダの腰を掴む。ゆっくりと太く固い熱が膣口に侵入《はい》ってくるのが分かった。

「んあぁっ!!」

「っ……きついな」

余裕のないヘサームの声が耳に入る。彼の顔を見やると、息を吐きながら苦しそうに顔を歪《ゆが》めている。

「あ――っ」

熱い吐息がかかる。

ぐん、と膣口《ちつこう》に入った先端が質量を増す。

「ああぁッ！」

限界まで、蜜口が押し広げられた。

「すまない、引き抜く、ことが出来ない」

「だ、いじょう……ぶっ。……や、めない……で」

「っ……ゆっくり、息を吐け……」

「ぁっはっ……」

「くぅっ」

ヘサームが呻《うめ》く。

「……奥に、行くぞ」

苦しそうな声でアイーダに言う。

「ん」

そっと頷くと止まっていた男根が狭い膣壁を擦りながらゆっくりと前進する。

「はぁっ……ぁ」

下腹部を穿《うが》つ圧迫感。膣壁と陰茎が擦れるたびに快感が走る。

めりめりと音がしそうなほど、大きな質量の固い肉棒が奥へ奥へと攻めてくる。脈打つその形がはっきり分かりそうだ。

「あんっぁぁっ」

「く……っぁ」

獣みたいに呻き声を上げながら、互いに求めあう。

「ああっ」

ぐっと強く一突きされた。

「……入った」

熱い吐息とともに快感に呑まれるヘサームの声が降ってくる。

「はぁ……っ、ヘサーム……っ」

ヘサームの背に回した指先に力が入る。

「アイーダ」

蕩けそうな甘い響きで名を呼ばれ、頭芯が痺れていく。逞しい腕が背中に回されきつく抱きしめられる。愛おしさが胸に溢れてく。

「好き。あなたが大好き……っ」

「煽るな、もう、我慢できなくなる。滅茶苦茶にして……おまえを壊してしまいたくなる」

「あぁぁっ!!」

激しい律動に翻弄され、必死に彼の背にしがみついた。

これまで与えられた快感とは比べものにならない。

「あっ、はっ」

怖いくらいの快感に狂ってしまいそう。

(でも、この手に落ちたいと願ったのはわたし)

自らこの人の手に落ちて食されたいと思った。

「ぁっ……ヘサームっ」

腰を掴み直され彼が少し腰を後ろに引いた。そして一気に激しく突き上げてきた。

「あああああっ」

身体が弓なりにしなり、湧き上がる激しい快感に襲われた。

「うっ……」

肥大しきった陰茎から、熱いどろっとした欲が一気に放たれ、奥が満たされていった。

細くなった彼のモノがゆっくりと遠ざかるが、未練がましく彼に吸い付いていた。

ヘサームが横に身体を沈め、アイーダを抱き寄せてくる。

「ヘサーム」

「愛している、アイーダ」

胸に頬をすり寄せると、耳元に熱い声が囁かれる。

体温を感じながらアイーダは意識を手放した。

終章

因果と輪廻《りんね》

すべてが寝静まる時間。

自分の胸に頭を乗せ、無防備な寝顔を見せる愛しい女。

自分でも驚くほど、この踊り子を深く愛した。

これも運命か――。

そう思わざるを得なかった。

＊

あの雨の日。

上司の言いつけで、取引先に書類を受け取りに行った彼女は戻ってこなかった。

横断歩道を渡る際、信号無視のトラックに撥《は》ねられたのだ。彼女は即死で、運転手はスマートフォンの画面に気を取られていたという。

お通夜、葬儀と社交辞令のみで、同僚と共に参列した。

『こんな時期にお葬式なんて、死んでからもウザい奴』

『いなくなってせいせいしたじゃん』

『代わり誰かくるんだっけ？』

『いい迷惑だよ。これじゃあ、用事を頼んだ私が悪いみたいじゃないか！』


そしてそのまま季節が過ぎ時が過ぎていった。

毎日同じ仕事の繰り返し。

変わったことと言えば、あの日以来、彼女と挨拶を交わさなくなったことだ。

べつに特別親しかった訳じゃない。

顔を合わせれば挨拶をして、たまに仕事を手伝った。

同期入社時から、大人しくてほとんど話をしない彼女に関心はなかった。周りから仕事を押し付けられるのを見るに見かねて手を出したら、「ありがとうございます」と彼女は言った。それが、初めての会話だった。そうしたら、彼女は律義に菓子を返してきた。仕事ぶりは真面目で、でも、どこか自分と同じように人生をあきらめているかのような雰囲気だった。


あるとき、何とはなしに彼女の眠る場所へ行ってみた。

生前、自分が死んだときはここに散骨して欲しいと希望していたらしい。ザァンと波が押し寄せては返す。

柄にもなく、心の中で冥福なんてものを祈る。

目から雫《しずく》が流れていた。

なんだ、これ……。

別に悲しみなんて感じてない。

訳の分からない感情を流しながら、僕は時間が過ぎていくのを呆然《ぼうぜん》と見送った。

それ以来、何度かそこへ行った。


それから月日がまた流れて、同じ会社で定年を迎えそのままひとりで生涯を閉じた。

＊

次に目が覚めたとき、自分は王として生きねばならぬ運命だと悟った。

何かを忘れていた気がしたが、月日が経つと共に、気にも留めなくなっていた。


シェラカンド国王として祖王がマリッドと結んだ誓いをまっとうするだけだ。

かつて我が先祖が偶然にも掘り当てたマリッドの泉。

死の砂漠を豊かな大国にするため、すべては人々のため、ジンを操り、国の発展のためだけに一族は身を捧げてきた。

先王は、後宮に大勢の妾をかかえていた。民を食いつぶし、いつ反乱がおきてもおかしくない状況だった。しかし、マリッドが憑いている限り誰も逆らえはしなかった。

「これは、レイジュム。男と女がいることで真の力が発揮される」

あるとき、先王が私を呼び出し言った。

「上を向いた三角は男、下を向いた三角は女だ。男は女が落ちてくるのを待ち、女は男の元へと落ちようとしている。ふたつの形が重なった紋章、何かと似ているとは思わぬか?」

「あの詩ですか」

「そうだ。ヘサーム。おまえも、やがてこの国の王となる。女を抱くことは覚えておいたほうがいいぞ。それは、いい女でないとだめらしい。何人も女を抱いているいうのに何もならんわい」

都は潤っても自身は渇き枯れていく。

やがて先王が崩御し、指環はヘサームのものになった。あの詩の通りなら、ただひとりの女と愛し合うことが絶対条件だろう。自分は先王のようにはなるまいと思っていたのに。腐るほどの女と一夜限りの快楽を貪った。

それで泣く女はひとりもいない、この世界は男も女も肉欲にまみれているのだ。

あの詩のような、馬鹿げた真似を誰がするものか。情など誰にも渡さぬ。

昼は政《まつりごと》、宵は国益のための宴、夜中は渇きを潤す一時凌《しの》ぎの快楽に溺れた。

そして宴の上等な餌にルンマーンの一座を呼んだ。

宵の翠玉《すいぎょく》。その名を馳《は》せる美しい踊り子。

自分でさえ、その美しさには目を見張った。

しかし、ひとつ解せぬことがあった。あの美しさで一度も男と肌を重ねたことがないのだという。妖艶に舞いながらも魂はここにあらずと言った印象を受けた。

いつもどこか怯《おび》えていた。

幾多の男共が宵の翠玉をものにしようと群がるが、隙をつき自らも踊り子の不可解な部分を暴いてやろうと思っていた。

『わたしは、今のわたしになる前、鈴木由美子という名前だったの』

監禁された空間で、彼女の口から告げられた事実に驚愕《きょうがく》した。

そして、思い出した。それは自分と同じ世界の記憶だと。

同じ場所にいた者と初めてこの世界で廻《めぐ》り逢《あ》ったのだ。

「愛している――」

おおよそ深く眠る彼女に届くことのない言葉を、あのとき理解できなかった想いを囁《ささや》き、ヘサームも眠りについた。

果実はいずれ木から落ちていく
果実は自らの意志でこの手に落ちてくる
果実は樹の下で立つ者に食され、また食した者も果実に毒されるのだ
果実はその身を捧《ささ》げ、またそれを食した者は心を奪われる

あとがき

はじめまして、吹雪歌音と申します。

このたびは『舞姫に転生したOLは砂漠の王に貪り愛される』を読んでいただき、本当にありがとうございました。本作は第一回ムーンドロップスコンテストで竹書房賞を受賞した『貪愛染着―トンアイセンジャク―果実は愛でられ食される』を改題・加筆修正したものです。コンテスト時、投票してくださった読者様、メクる編集部様、パブリッシングリンク様、竹書房様、本当にありがとうございました。

２０１６年の夏頃、フリーメールボックスを確認していたとき、ムーンドロップスコンテスト開催を知りました。テーマが『異世界転生モノ』で、それを読んだとき真っ赤な踊り子の衣装を着た女性が「どうしてわたしがこんな恰好をしなきゃいけないのよ!!」と心の中で叫んでいる映像が浮かびました。その子がヒロイン・アイーダの原型となっています。当初はもっと勝気な性格だったのですが、設定を考えていくうちに、本編のようになってしまいました。そしてヒーロー・ヘサームは、とにかくアイーダに嫌われるように書いていました。

わたし自身もアラビアン・ナイトの異国情緒あふれる雰囲気が好きで、踊り子と王子が……という妄想をよくしていたので、今回、本という形にさせていただく機会をいただき、大変嬉しく思っています。

城井ユキ先生、可愛くて美しいアイーダと王の貫禄とカッコよさを兼ね備えたヘサームを描いていただき、本当にありがとうございました。作業中、ラフを見ながら『このイラストを描いていただけるんだー!!』とニヤニヤしながら、やる気を出していました。表紙、口絵、挿絵、どれも素敵で感激でした。特にふたりが初めてキスするシーンが大好きです。また、ファティも美しく描いていただき、ありがとうございました。(正直ラフを見たとき、殺さないほうがよかったかな? もったいないことしたと思いました(笑))。

未熟なわたしを、ここまで引っ張ってくださった編集長K様、担当N様、竹書房様、関係者皆様、本当にありがとうございました。最初から最後まで迷惑をかけっぱなしだったと思います。

それから、プロットをひたすら踏んづけてくれた猫、ホットとアイスのカフェ・オレ、カフェ・ラテを提供してくれた自販機、ありがとう。

最後までお付き合いいただき、本当にありがとうございました。また、どこかでお会いしましょう。

吹雪歌音

舞姫に転生したOLは
砂漠の王に貪り愛される

2018年2月17日　初版第一刷発行

著　吹雪歌音
画　城井ユキ
編集　株式会社パブリッシングリンク
装丁　百足屋ユウコ＋豊田知嘉（ムシカゴグラフィクス）

発行人　後藤明信
発行　株式会社竹書房
〒102-0072　東京都千代田区飯田橋2-7-3
電話　03-3264-1576（代表）
03-3234-6301（編集）
ホームページ　http://www.takeshobo.co.jp
印刷・製本　中央精版印刷株式会社

■本書掲載の写真、イラスト、記事の無断転載を禁じます。
■落丁、乱丁があった場合は、当社までお問い合わせください。
■本書は品質保持のため、予告なく変更や訂正を加える場合があります。
■定価はカバーに表示してあります。

©KANON FUBUKI 2018
ISBN 978-4-8019-1381-3
Printed in Japan

MOON DROPS